Les Éditions du Renouveau québécois
4270, boul. Saint-Laurent, bureau 204
Montréal, Québec H2W 1Z4
Téléphone : 514 843-5236
Courriel : info@lautjournal.info

Conception de la couverture : Olivier Lasser
Illustration : Olivier Lasser
Montage : Réjean Mc Kinnon
Révision : Louis Bourgea

ISBN 978-2-924770-25-2
Dépôt légal :
Bibliothèque et Archives nationales du Québec, 2023
Bibliothèque et Archives Canada, 2023

© Christiane Pelchat, 2023
© Les Éditions du Renouveau québécois, 2023

LA LAÏCITÉ DE L'ÉTAT SOCLE DU DROIT DES FEMMES À L'ÉGALITÉ

Me Christiane Pelchat

avec la collaboration
de Marie-Claude Girard

La laïcité de l'État socle du droit des femmes à l'égalité

Les Éditions du Renouveau québécois

Remerciements

Je réitère mes remerciements à feu Diane Guilbault qui a été fondatrice et présidente de PDF Québec. Huit mois avant de mourir, Diane m'a demandé de reprendre la défense de la loi 21 au nom de PDF Québec puisque l'avocat retenu s'est désisté une semaine avant l'échéance pour intervenir en Cour supérieure du Québec. J'ai accepté puisque nous avions déjà commencé l'argumentaire pour la défense de la loi 62, Diane et moi, au nom de PDF Québec. J'ai donc accepté ce mandat de représentation à titre d'avocate *pro bono*.

Aussi, je remercie Marie-Claude Girard qui a poursuivi son travail bénévole, de nombreuses et longues heures, à m'accompagner dans cette aventure de défense du droit des femmes à l'égalité.

Je remercie aussi Yolande Geadah d'avoir produit un excellent rapport d'expertise qui a servi à démontrer combien la religion musulmane quand elle est sous la main d'extrémistes est attentatoire à la dignité humaine des femmes. J'ajoute personnellement qu'il en va de même pour toutes les religions. Je remercie aussi tous les témoins de faits qui ont participé à démontrer que la neutralité religieuse de l'État est une garantie de l'égalité des sexes.

Je remercie aussi PDF Québec et ses présidentes, outre Diane Guilbault, Lyne Jubinville, Leila Leisbet pour leur soutien indéfectible et leurs conseils pertinents. Ce document couvre la demande à la Cour supérieure, mais par la suite PDF Québec poursuit la lutte en Cour d'appel et je remercie Michèle Sirois et le conseil d'administration pour son appui durant cette période.

En terminant, je remercie madame la première ministre Pauline Marois d'avoir signé la préface de ce livre qui nous rappelle que l'égalité des sexes n'est toujours pas accomplie.

Me Christiane Pelchat

TABLE DES MATIÈRES

PRÉFACE 9
INTRODUCTION 15
1. L'acte d'intervention volontaire à titre conservatoire 25
   1.1. L'intérêt de PDF Québec pour intervenir à titre conservatoire en la présente instance 26
   1.2. L'utilité de l'apport de PDF Québec au débat 28
   1.3. L'importance des questions en litige 29

      i. La laïcité de l'État, socle de l'État de droit et du respect de la liberté religieuse 29
      ii. L'évolution du droit à l'égalité des femmes au Québec 33
      iii. Le rôle des femmes au sein des principales religions monothéistes et le port de signes religieux 39
      iv. Le port des signes religieux dans certains postes de la fonction publique et l'atteinte au droit à l'égalité des femmes 42
      v. Le port du voile islamique ou du niqab dans des postes visés de la fonction publique et l'atteinte au droit à la dignité humaine 44
      vi. Le droit à l'égalité des femmes doublement protégé par la Charte québécoise et par la Charte canadienne 48
      vii. L'interdiction du port de certains signes religieux en droit international et dans les juridictions étrangères 51

   1.4. Les conclusions recherchées 54
   1.5. Les modalités de l'intervention volontaire de PDF Québec 54

2. L'argumentaire déposé au procès 57

   2.1. Introduction 57
   2.2. Rappel historique 59

2.3. L'adoption des articles 15, 28 et 35(4) de la Charte canadienne, la modification du préambule de la Charte québécoise et l'ajout de l'article 50.1.. 64
2.4. La liberté de religion et le droit des femmes à l'égalité................ 77
2.5. La délimitation de la liberté de religion par le droit international................ 85
2.6. La *Loi sur la laïcité de l'État* et la liberté de religion................ 94
2.7. La *Loi sur la laïcité de l'État* et l'égalité entre les femmes et les hommes................ 106
2.8. Conclusion................ 127

3. Le plan d'argumentation concernant le rapport de l'experte Mme Yolande Geadah................ 129

4. L'appel contre le jugement de la Cour supérieure........ 161
4.1 Erreurs de droit................ 162
4.2 Conclusions................ 171

5. ÉPILOGUE................ 173

Annexes :

1. Les déclarations sous serment de parents en faveur de la loi 21 soumises à la Cour supérieure............. 181
2. Le rapport de Yolande Geadah, experte de la situation des femmes dans la culture arabo-musulmane................ 195

BIBLIOGRAPHIE................ 213

PRÉFACE

La laïcité de l'état :
Approfondissement de la vie démocratique et affirmation de l'égalité entre les femmes et les hommes

Par Pauline Marois

Dans le respect de toutes et de tous et en fonction de valeurs communes, aucune société démocratique ne peut échapper à la nécessité d'élaborer les règles qui permettent de vivre ensemble. Sans elles, nos liens sociaux se déliteraient, l'espace de solidarité essentiel à la construction d'une société plus juste, plus équitable, plus humaine s'effriterait. Société pluraliste, le Québec n'échappe pas à cette nécessité. L'État québécois a le devoir de définir le ciment qui nous unit.

C'est dans cet esprit qu'il convient d'examiner la relation entre la laïcité de l'État et la liberté de conscience de chacune et de chacun. Et en démocratie, la suprématie des règles définies par le droit sur les préceptes dictés par la foi doit être clairement affirmée. De même, le droit de croire ou de ne pas croire, le droit d'adhérer à une religion ou de la renier doivent être inscrits dans notre droit et être respectés.

Même si ces principes sont clairs, l'équilibre délicat entre la liberté de religion et le respect des droits fait débat. Chaque société, en fonction de son passé et de ses réalités sociologiques, doit trouver le meilleur chemin entre l'exercice des libertés individuelles et l'art de vivre ensemble.

En France, pays marqué par des luttes meurtrières entre protestants et catholiques, l'État a choisi depuis longtemps d'adopter une laïcité qui s'étend jusque dans l'espace public. À cet égard, il est important de souligner que la Cour européenne des droits de l'homme a statué que la législation française était respectueuse des conventions européennes des droits et libertés.

Au Canada, l'État fédéral a plutôt choisi d'accorder une reconnaissance quasi absolue aux libertés religieuses, allant même jusqu'à protéger dans son code criminel le discours haineux fondé sur des textes religieux et une foi sincère. On peut peut-être y voir un héritage lointain des colons du Massachusetts, les *Pilgrims of the Mayflower*, qui avaient choisi de quitter l'Angleterre pour pouvoir observer, strictement et en toute liberté, les préceptes de la bible.

Le Québec a choisi une voie différente. Jusqu'aux années soixante, les autorités religieuses catholiques ont occupé une place prédominante dans toutes les sphères de la société. Lors de la Révolution tranquille, les Québécoises et Québécois ont rompu catégoriquement avec la religion. En quelques années, le Québec est devenu le champion du mariage civil et des couples vivants en union de fait. En occident, le Québec est sans doute l'endroit où les gens hésitent le moins à se déclarer athée ou agnostique. De façon concomitante, un très large consensus s'est développé pour affirmer l'égalité entre les femmes et les hommes.

C'est dans ce contexte social et historique que l'Assemblée nationale a adopté la *Loi sur la Laïcité de l'État* affirmant la séparation de l'État et du religieux et affirmant que la laïcité repose entre autres sur l'égalité entre les sexes.

Personnellement, comme toutes les personnes qui sont soucieuses des faits, j'observe qu'il y a moins de crimes haineux au Québec que dans le reste du Canada. En fait, aucun indice mesurable ne laisse croire que le Québec serait une société moins tolérante que le reste du Canada. Bien au contraire.

Il y a des chiffres qui parlent. En 2021, selon Statistique Canada, le taux de crimes haineux par 100 000 habitants était de 23,2 à Ottawa, 15,5 à Vancouver, 13,3 à Toronto et 6,0 à Montréal. Ces données peuvent varier, mais elles vont systématiquement dans le même sens.

La laïcité et l'égalité des sexes

Aujourd'hui, une femme remarquable nous présente un texte exceptionnel, un regard rigoureusement documenté sur l'impact que peut avoir les religions en regard de l'égalité des sexes. Christiane Pelchat qui a consacré des années de sa vie à la promotion de l'égalité des hommes et des femmes, en collaboration avec Marie-Claude Girard qui a travaillé de nombreuses années à la Commission canadienne des droits de la personne, se portent à la défense de la laïcité de l'État comme pilier de l'égalité entre les sexes. On trouvera dans cet ouvrage des arguments et des références que nous ne pouvons ignorer.

Il est établi clairement que « le droit des femmes à l'égalité n'est pas désincarné et qu'il a été adopté légitimement afin de contrer les normes basées sur les stéréotypes sexuels et sexistes qui émanent du système patriarcal imposé par les trois religions monothéistes. »

Je me permets un moment de parler spécifiquement des religions du Livre. Ce sont elles qui occupent le plus de place dans nos sociétés et, pour les croyants, elles ont comme caractéristiques communes d'avoir été directement révélées par un Dieu unique et créateur. Cela rend évidemment plus difficile l'évolution de leurs doctrines en fonction des changements culturels et sociaux.

Je retiens pour des fins d'illustration trois citations tirées des livres sacrés :

Le judaïsme, Genèse, chapitre 3, verset 16 :
« À *la femme il dit : "Je vais multiplier tes souffrances et tes grossesses : c'est dans les souffrances que tu enfanteras des fils. Ton élan sera vers ton mari et, lui, il te dominera".* »

Le christianisme, lettre de Saint Paul aux Éphésiens, chapitre 5, verset 24 :
« *Mais comme l'Église est soumise au Christ, ainsi les femmes doivent l'être en tout à leur mari.* »

Islam, Verset 34 de la Sourate An-Nisa :
« *Les hommes ont autorité sur les femmes, en vertu de la préférence que Dieu leur a accordée sur elle, et à cause des dépenses qu'ils font pour assurer leur entretien.* »

On me dira que ces textes anciens peuvent être interprétés de multiples façons. C'est exact, mais on conviendra qu'il faut une interprétation très créative et inspirée pour faire dire à ces textes exactement le contraire de ce qu'ils disent. Dans toutes sociétés dont l'histoire a été marquée par les religions du livre, chaque jour on peut constater comme l'a affirmé avec beaucoup d'à propos Élisabeth Badinter : « La religion commande que la femme soit conforme au statut de seconde. » La laïcité de l'État est un jalon essentiel dans la marche pour l'égalité des femmes et des hommes. Cela ne contredit pas le devoir de l'État de défendre la liberté de chaque femme et chaque homme de croire ou adhérer librement à une religion. Cependant, l'État n'a à défendre aucune religion ni à accorder de privilèges particuliers aux organisations religieuses ou aux croyants.

L'histoire ne s'écrit pas au singulier et il y a un adage que je répète chaque fois que j'en ai l'occasion : « Si nous voyons plus loin que ceux qui nous ont précédés, c'est parce que nous sommes assis sur leurs épaules. »

J'espère que celles et ceux qui ont à porter un jugement sur les lois qui affirment la laïcité de l'État seront du bon côté de l'histoire, celui de l'égalité des femmes et des hommes et, celui qui permet à l'État, tout en protégeant la liberté religieuse, de garantir à tous et toutes que l'autorité de l'État s'exerce en toute neutralité et ne contribue pas à reléguer la femme au statut de seconde.

INTRODUCTION

Depuis mes premiers jours au Conseil du statut de la femme du Québec (de 2006 à 2011) le conflit entre le droit des femmes à l'égalité et la liberté de religion s'est manifesté comme un sujet marquant de mon mandat. Trois avis ont été produits par le Conseil (CSF) à ce moment-là, grâce à la supervision du professeur Henri Brun et des auteures Caroline Beauchamp et Yolande Geadah. Il ne m'a jamais traversé l'esprit que je serais l'avocate au dossier qui plaiderait la thèse développée durant ces années au CSF à l'effet que le droit à l'égalité des femmes est une limite raisonnable à la liberté de religion. En effet, dès la contestation de la loi 62[1] (communément appelée loi sur la neutralité religieuse de l'État) en 2018 devant la Cour supérieure, je représentais Pour les droits des femmes du Québec (PDF Québec) à la demande de mon amie feue Diane Guilbault comme intervenant amical.

Cet ouvrage se veut un résumé des interventions faites pour le compte de PDF Québec devant la Cour supérieure de Montréal en 2019. Nous n'avons pas inclus les mémoires de la Cour d'appel, car l'instance est toujours en cours. J'ai rédigé tous les mémoires et arguments juridiques soumis au nom de PDF Québec devant ces tribunaux. Ces documents n'auraient pu voir le jour sans le travail

---
[1] *Loi favorisant le respect de la neutralité religieuse de l'État et visant notamment à encadrer les demandes d'accommodements pour un motif religieux dans certains organismes.*

bénévole de Marie-Claude Girard tout au long des procédures et aussi pour la publication de ce livre.

La reconnaissance du droit à l'égalité des femmes depuis tous les temps a été semée d'embûches de toutes sortes. Toutefois, il faut admettre qu'universellement, l'affranchissement de la société patriarcale est une lutte qui n'est toujours pas terminée. C'est dans le creuset du patriarcat que sont nées les trois religions monothéistes. Toutes reposent sur la prémisse que les femmes sont inférieures aux hommes. Elles doivent donc, durant toute leur vie, se soumettre à leur autorité devenant ainsi dépendantes de leur père, de leur mari, de leur(s) frère(s) ou, ultimement, de leur(s) fils.

À la fin de la Seconde Guerre mondiale, l'adoption de la Déclaration universelle des droits de l'homme marque un tournant important pour l'égalité des sexes en occident. Pour la première fois, les pays signataires endossent l'égalité des femmes et des hommes. Cette déclaration a insufflé plusieurs changements en droit et en faits dans plusieurs pays notamment au Canada et au Québec.

Au Québec, la Révolution tranquille a permis des progrès majeurs en instituant une séparation plus formelle de l'Église et de l'État. La création d'un système d'éducation laïque et mixte a grandement favorisé l'égalité des sexes et la justice sociale en permettant notamment l'accession des femmes à l'éducation. La « crise » des accommodements raisonnables, au début des années 2000, est cependant venue ébranler cette progression. Le gouvernement a mis sur pied la Commission Bouchard-

Taylor pour analyser la situation et faire des recommandations. Toutefois, cette commission a complètement occulté le fait que la majorité des accommodements litigieux étaient accordés au détriment de l'égalité des femmes. Comme le disait Diane Guilbault, le rapport Bouchard-Taylor, censé apporter des solutions à la crise, a été un rendez-vous manqué pour les femmes[2].

Cette crise a amené le CSF, que je présidais alors, à émettre plusieurs avis en faveur de la laïcité de l'État. Deux d'entre eux ont été particulièrement éclairants. Celui de 2007[3] portant sur le conflit de droit entre la liberté de religion et le droit à l'égalité des sexes, a démontré combien les demandes d'accommodements religieux se faisaient au détriment du droit des femmes à l'égalité. Pour la première fois depuis longtemps, il a été démontré que la vigilance s'imposait pour ne pas prioriser le droit à la liberté de religion aux dépens du droit à l'égalité entre les sexes. Pour le Conseil, l'égalité des sexes devait prévaloir en cas de conflit avec la liberté de religion.

Selon le CSF, c'est à l'État d'être le gardien de l'ordre public et des libertés fondamentales et de favoriser un espace public où renoncer à l'égalité et à la dignité ne doit pas être possible et où la liberté de conscience et de non-croyance puisse s'exercer. Le Conseil réitérait que la restriction temporaire

---

[2] Diane Guilbault, Rapport Bouchard-Taylor : Un rendez-vous manqué pour les femmes; Sisyphe; 8 juin 2008; https://sisyphe.org/article.php3?id_article=2989 (page consultée le 18 juin 2021).

[3] Conseil du statut de la femme; Avis - *Droit à l'égalité entre les femmes et les hommes et liberté religieuse*; 2007; https://www.csf.gouv.qc.ca/wp-content/uploads/avis-droit-a-legalite-entre-les-femmes-et-les-hommes-et-liberte-religieuse.pdf (page consultée le 4 mai 2021).

de l'expression des croyances religieuses dans certains lieux n'entraîne pas, *de facto,* la négation du droit de croire. Cesser, pour un temps, de manifester sa croyance ne constitue pas le déni de cette croyance, *a fortiori* si cette interruption est motivée par l'expression du devoir de neutralité religieuse de l'État et donc pour la sauvegarde des droits d'autrui et le bien-être collectif.

L'avis du CSF de 2011[4] a fait, pour sa part, la démonstration qu'un Québec respectueux de l'égalité entre les sexes doit adopter le principe de laïcité de l'État dans ses institutions. Il ne peut faire le choix de l'égalité des sexes et autoriser une laïcité dite « ouverte ». L'État doit être dissocié du religieux, présenter un visage neutre et ne pas paraître associé au religieux. Ainsi, les agents de l'État doivent refléter cette neutralité et s'abstenir de manifester leurs croyances religieuses durant leurs heures de travail.

Le groupe féministe universaliste PDF Québec a été créé en 2013 et s'est notamment donné comme mission de « soutenir la mise en place d'un État laïque québécois, tant au plan de la neutralité des institutions que de celle de ses représentants pour ainsi parachever un des grands défis de la Révolution tranquille ».

Le gouvernement minoritaire de Mme Pauline Marois propose, en 2013, la *Charte affirmant les valeurs de laïcité et de neutralité religieuse de l'État*

---

[4] Conseil du statut de la femme; Avis – *Affirmer la laïcité, un pas de plus vers l'égalité réelle entre les femmes et les hommes*; 2011; https://www.csf.gouv.qc.ca/wp-content/uploads/avis-affirmer-la-laicite-un-pas-de-plus-vers-legalite-reelle-entre-les-femmes-et-les-hommes.pdf (page consultée le 14 janvier 2021).

ainsi que d'égalité entre les femmes et les hommes et encadrant les demandes d'accommodements (ou la « Charte des valeurs »). Des élections sont cependant déclenchées en 2013, avant qu'elle ne puisse être adoptée. Le Parti libéral du Québec reprend le pouvoir avec le gouvernement de M. Philippe Couillard et adopte, en 2017 la *Loi sur la neutralité religieuse de l'État* (loi 62) *et visant notamment à encadrer les demandes d'accommodements pour un motif religieux dans certains organismes*. Cette loi reprend aussi l'obligation des services donnés et reçus à visage découvert comme le faisait le projet de loi 94 de 2010 et la Charte des valeurs de 2013. Pour PDF Québec, la neutralité de l'État ne suffit pas vis-à-vis des religions qui ont en commun de traiter injustement les femmes. L'État doit être laïque et être le garant de la dignité et des droits des femmes et des petites filles[5]. Le gouvernement de Philippe Couillard est défait en 2018.

Quoique minimaliste, la loi 62 est tout de même contestée sur la base qu'elle porterait atteinte à la liberté de religion et au droit à l'égalité de certaines femmes musulmanes. Diane Guilbault, alors présidente de PDF Québec, m'a demandé de les représenter et nous avons été autorisés à intervenir, à titre amical, dans la contestation de la loi 62 sur la neutralité pour au moins appuyer le principe de devoir de neutralité de l'État. Notons ici que déjà dans la demande d'intervention de PDF Québec,

---

[5] Communiqué de presse de PDF Québec; Projet de loi 62 : Une proposition qui ne permet pas de protéger le droit des femmes à l'égalité; 18 octobre 2016; https://www.pdfquebec.org/documents/Communiqu%c3%a9_2016-10-18.pdf (page consultée de 4 mai 2021).

nous soulevions l'importance de mobiliser l'article 28 de *la Charte canadienne des droits et libertés*, pour plaider que la neutralité religieuse respectait le droit à l'égalité entre les sexes, ce qui explique notre surprise devant le fait qu'il a fallu l'intervention judiciaire afin que les demanderesses invoquent l'article 28 dans leur contestation de la loi 21. La Cour supérieure du Québec, par la voix du juge Blanchard, suspend l'article 10[6], qui interdit l'octroi et la réception de services publics à visage couvert, le temps que les tribunaux se penchent sur sa validité.

Fraîchement élu, le gouvernement de François Legault (Coalition Avenir Québec) adopte la *Loi sur la laïcité de l'État*[7] (loi 21) le 16 juin 2019. Cette loi affirme, pour la première fois, que l'État québécois est laïque et, considérant l'importance que la nation québécoise accorde à l'égalité entre les femmes et les hommes, établit un devoir de réserve plus strict en matière religieuse à l'égard de personnes exerçant certaines fonctions[8]. L'égalité de tous les citoyens et citoyennes constitue l'un des

---

[6] *National Council of Canadian Muslims (NCCM), c. Attorney General of Quebec*, 2018. QCS27669 (CarLII)

[7] Publications Québec, Légis Québec; *Loi sur la Laïcité de l'État*; http://legis-quebec.gouv.qc.ca/fr/showdoc/cs/L-0.3 (page consultée le 4 mai 2021).

[8] Les considérants de la loi 21 rappellent entre autre que (1) la nation québécoise a des caractéristiques propres, dont sa tradition civiliste, des valeurs sociales distinctes et un parcours historique spécifique l'ayant amenée à développer un attachement particulier à la laïcité de l'État; (2) l'importance que la nation québécoise accorde à l'égalité entre les femmes et les hommes; (3) qu'il y a lieu d'établir un devoir de réserve plus strict en matière religieuse à l'égard des personnes exerçant certaines fonctions, se traduisant par l'interdiction pour ces personnes de porter un signe religieux dans l'exercice de leur fonction; et (4) qu'il y a lieu d'affirmer la laïcité de l'État en assurant un équilibre entre les droits collectifs de la nation québécoise et les droits et libertés de la personne.

quatre principes de la loi 21, de concert avec la séparation de l'État et des religions, la neutralité religieuse de l'État et la liberté de conscience et la liberté de religion.

Aussitôt adoptée, la loi 21 est également contestée en Cour supérieure par les opposants, entre autres, de la Loi sur la neutralité religieuse. Il y a tout d'abord une demande de sursis judiciaire immédiat, rejetée par la Cour supérieure le 18 juillet 2019. Le 12 décembre 2019, la Cour d'appel confirme ce rejet et la Cour suprême refuse de permettre un appel le 9 avril 2020.

Quatre demandes d'invalidation de la loi 21, pour atteinte à la liberté de religion, sont déposées en Cour supérieure, appuyées par différents organismes. Il s'agit de :

1. Madame Ichrak Nourel Hak, appuyée par le National Council of Canadian Muslims et la Corporation of the Canadian Civil Liberties Associations auxquels se sont joints la World Sikh Organization of Canada, Amrit Kaur, Amnistie internationale, section Canada francophone, la Commission canadienne des droits de la personne et Québec Community Groups Network, à titre d'intervenants;

2. Andréa Lauzon, Hakima Dadouche, Bouchera Chelbi et le Comité juridique de la Coalition inclusion Québec auxquels s'est jointe l'Association de droit Lord Reading, à titre d'intervenante;

3. La English Montreal School Board, Mubeenal Mughal et Pietro Mercuri;

4. La Fédération autonome de l'enseignement, à laquelle s'est jointe l'Alliance de la fonction publique du Canada, à titre d'intervenante.

Ces demandes ont été regroupées pour jugement, sous la présidence de l'honorable Marc-André Blanchard de la Cour supérieure du Québec. Les demanderesses soulèvent également des questions concernant les droits et libertés des personnes, dont la liberté de religion et l'égalité des sexes en vertu de l'article 28 de la *Charte canadienne des droits et libertés.*

Créé dans le but de faire entendre la voix des femmes, avec une perspective féministe universaliste, c'est-à-dire mettant de l'avant le caractère collectif du droit à l'égalité des sexes, PDF Québec tient à intervenir pour défendre le droit des femmes à la dignité, particulièrement dans l'espace étatique. Au nom de PDF Québec, j'obtiens le statut d'intervenant conservatoire dans la contestation de la loi 21. Le Mouvement laïque québécois ainsi que les Libres penseurs athées obtiennent également ce statut, en appui au Procureur général dans cette cause. Le procès, très médiatisé, commence le 2 novembre 2020 et se termine le 15 décembre 2020. Le jugement est rendu le 20 avril 2021[9].

Vous trouverez rassemblés, dans cet ouvrage, les documents juridiques de PDF Québec développés pour l'intervention conservatoire en appui à la *Loi de sur la laïcité de l'État,* à savoir un condensé de sa demande d'intervention, l'argumentaire déposé

---

[9] *Hak c. Procureur général du Québec,* 2021 QCCS 1466 (CanLII).

pour le procès à la Cour supérieure ainsi que sa déclaration d'appel contre le jugement de la Cour supérieure de Montréal.

Aussi nous joignons, comme complément d'informations, l'argumentaire pour défendre l'admissibilité de Mme Yolande Geadah à titre d'experte sur la situation de la femme dans la culture arabo-musulmane et de son rapport. Ce rapport est joint ici ainsi que les témoignages assermentés de deux parents en faveur de la Loi.

Cet ouvrage a d'autant plus d'importance qu'il s'agit de la première fois que le droit à l'égalité des femmes est présenté comme limite à la liberté de religion et comme une obligation de protection de la part de l'État. L'article 28 de la Charte canadienne ainsi que les articles similaires de la *Charte des droits et libertés de la personne* du Québec sont invoqués au soutien de la demande de PDF Québec. Nous soumettons aussi que l'article 27 de la Charte canadienne ne peut permettre un retour à l'infériorisation des femmes comme le dictent les religions.

Ce livre s'adresse à tous ceux et celles qui défendent le droit des femmes à l'égalité et leur droit à la dignité, dont la portée est universelle. Il s'agit ici d'interdire que la « loi » des religions prime sur les droits de toutes les démocraties dont celui pour les femmes de jouir de toutes les avancées démocratiques au moins depuis l'adoption de la Déclaration universelle des droits de l'homme de 1948.

1. L'ACTE D'INTERVENTION VOLONTAIRE À TITRE CONSERVATOIRE

Le 28 janvier 2020, PDF Québec déposait l'Acte d'intervention volontaire à titre conservatoire afin d'appuyer la validité de la *Loi sur la laïcité de l'État* (loi 21) en Cour supérieure et appuyer le Procureur général du Québec dans sa défense de la Loi.

Au soutien de son acte d'intervention, PDF Québec a exposé ce qui suit :

Les parties demanderesses exercent contre la défenderesse un pourvoi en contrôle judiciaire à l'encontre de l'adoption de la loi 21 tel qu'il appert au dossier. Leur demande en pourvoi a été substantiellement amendée le 30 septembre 2019 en y ajoutant que la *Loi sur la laïcité de l'État* aurait été adoptée en contravention à l'article 28 de la *Charte canadienne des droits et libertés* et de l'article 50.1 de la *Charte des droits et libertés de la personne*. Lors de l'audition devant la Cour d'appel le 26 novembre 2019 sur l'appel du jugement rendu en l'instance le 18 juillet 2019 rejetant leur demande de sursis, les avocates des parties demanderesses ont pu plaider leurs arguments fondés sur ces nouveaux motifs à leur soutien, elles ont soumis de nouvelles déclarations sous serment.

Le tiers intervenant, PDF Québec, souhaite intervenir volontairement à titre conservatoire dans le présent recours, dans le but de participer au débat lors de l'instruction, et se joindre à la défenderesse et soutenir la validité de la loi 21 pour les motifs ci-après décrits. PDF Québec est un organisme à but non lucratif fondé en 2013 en vertu de la *Loi sur les compagnies*, partie III, tel qu'il appert du profil de PDF Québec au Registraire des entreprises. Selon ses lettres patentes, PDF Québec a été constitué pour défendre et promouvoir le droit à l'égalité des femmes, demander à faire respecter les droits des femmes quand ils sont bafoués, mettre en lumière les situations d'inégalité et faire entendre la voix des femmes sur des enjeux de société et sur tout autre sujet pertinent.

PDF Québec, fondé par des femmes et des hommes préoccupés par les droits des femmes à l'égalité, compte aujourd'hui plus de six cents (600) membres d'origines diverses et de toutes confessions religieuses, femmes et hommes militants féministes engagés pour défendre le droit des femmes à l'égalité.

1.1 L'intérêt de PDF Québec pour intervenir à titre conservatoire en la présente instance

PDF Québec a été autorisé à titre d'intervenant volontaire amical dans la contestation de la Loi sur la neutralité religieuse de l'État (loi 62) en juin 2018 devant la Cour supérieure.

PDF Québec soumet avoir l'intérêt pour intervenir à titre conservatoire en la présente instance en raison de sa mission première de promouvoir le droit des femmes à l'égalité et à la dignité humaine, de son expertise et de sa crédibilité développée comme groupe féministe intervenant dans la mise en œuvre de politiques publiques et dans l'application du droit des femmes à l'égalité au Québec et au Canada.

PDF Québec a été créé spécifiquement dans le but de faire entendre la voix des femmes, avec une perspective féministe, c'est-à-dire une perspective mettant de l'avant le caractère collectif du droit à l'égalité des femmes et la situation des femmes faisant partie d'un groupe protégé tant par la *Charte des droits et libertés de la personne* et de la jeunesse du Québec (ci-après la Charte québécoise) et la *Charte canadienne des droits et libertés* (ci-après la Charte canadienne) en raison de leur sexe.

PDF Québec œuvre activement afin de démontrer que le droit des femmes à l'égalité est souvent atteint ou laissé dans l'ombre quand des questions sociétales ou juridiques sont traitées tant par le pouvoir politique que par le pouvoir judiciaire.

PDF Québec estime qu'il a l'intérêt pour agir tel que reconnu par la Cour suprême du Canada dans la décision *Conseil Canadien des Églises*[10], « (d)es organismes de défense de l'intérêt public se voient souvent accorder, à bon droit, le statut d'intervenant. Les opinions et les arguments des intervenants sur des questions d'importance publique sont souvent d'une aide considérable pour les tribunaux ».

Ce groupe défendant le droit des femmes souligne son intérêt à intervenir dans la contestation

---

[10] *Conseil canadien des Églises c. Canada* (Ministre de l'Emploi et de l'Immigration); (1992) 1 R.C.S.236, 256.

d'une loi adoptée par l'Assemblée nationale qui affirme pour la première fois que l'État québécois est laïque et qui aménage les conditions de la liberté religieuse et de la liberté de conscience, piliers de la reconnaissance que les femmes et les hommes ont les mêmes droits et ne peuvent être traités différemment du fait de leur sexe. Depuis sa création en 2013, PDF Québec a pris position publiquement sur le droit à l'égalité des femmes et a participé à de nombreuses commissions parlementaires au Québec et à Ottawa traitant de la question, tel qu'il appert dans ses différents mémoires et prises de positions publiques.

1.2 L'utilité de l'apport de PDF Québec au débat

L'apport de PDF Québec au débat sera utile et unique, puisque PDF Québec présentera un point de vue féministe sur la nécessité que l'État québécois légifère sur l'obligation de laïcité de l'État, sur son devoir de neutralité religieuse et sur le devoir de réserve plus strict en matière religieuse à l'égard des personnes exerçant certaines fonctions, se traduisant par l'interdiction pour ces personnes de porter un signe religieux, afin de protéger le droit des femmes, leur liberté de conscience et leur droit de ne pas faire l'objet de stéréotype religieux et culturel.

En ce sens, PDF Québec cherchera à démontrer que le port de signes religieux, tel le voile islamique comme le requièrent les demanderesses chez certains fonctionnaires, ou la prestation ou la réception d'un service public à visage couvert par un niqab par exemple, porterait atteinte au droit à l'égalité des femmes et à leur droit à la dignité humaine. Il est tout à fait acceptable que le gouvernement adopte le principe de la laïcité de l'État et reconnaisse que son devoir de neutralité religieuse de l'État et en droit canadien et en droit québécois peut limiter le port des signes religieux pour les fonctionnaires de l'État, tel que visé dans la loi 21.

1.3 L'importance des questions en litige

i. La laïcité de l'État, socle de l'État de droit et du respect de la liberté religieuse

Les questions en litige en la présente instance sont d'une grande importance pour toute la société québécoise. Depuis 2008 le gouvernement et l'Assemblée nationale se penchent sur cette question. L'adoption de la loi 21 vient affirmer dans le droit une norme pour guider les tribunaux dans l'interprétation du droit à la liberté de religion et à la liberté de conscience au Québec.

Comme l'ont exprimé Les Juristes pour la laïcité de l'État dans leur mémoire en commission parlementaire sur l'étude du projet de loi 21, cette loi est d'une importance salutaire :

« L'avènement de la laïcité marque donc la consécration de l'État de droit, car elle est l'affirmation qu'aucune loi de nature extérieure ne peut prévaloir sur celle établie démocratiquement par la société civile. La laïcité est incompatible avec toute conception de la religion qui souhaiterait régenter au nom des principes supposés de celle-ci, le système social ou l'ordre politique[11]. »

La Loi réaffirme le devoir de l'État de ne pas favoriser une religion afin de protéger la liberté de religion de toutes les employées et de tous les employés de l'État, ce qui inclut à la fois la liberté de croire et celle de ne pas croire.

Entre autres, la Loi précise à son article 8 qu'un membre du personnel de l'État doit exercer ses fonctions à visage découvert, ce qui a comme conséquence l'interdiction du port d'un vêtement religieux tel le niqab. PDF Québec arguera que le port du niqab, qui cache le visage, porte atteinte à la dignité des femmes, et qu'un des fondements de la communication en personne exige la réciprocité par la vue du visage de la personne à qui on s'adresse.

De plus, PDF Québec soumettra que l'article 8 de la loi 21 est nécessaire pour faire respecter le devoir de neutralité religieuse de l'État et le droit des femmes à être traitées dignement et à ne pas faire l'objet de discrimination en raison de leur sexe et de leur appartenance à un groupe traditionnellement discriminé, et que le droit des femmes à l'égalité ne peut donc être mis de côté au profit de la

---

[11] Les Juristes pour la laïcité de l'État (représentés par Me Julie Latour); Mémoire présenté à la Commission des institutions, Assemblée nationale du Québec, Consultation particulières; Projet de loi n° 21 *Loi sur la laïcité de l'État;* 6 mai 2019; p.10; Julie Latour (PDF, 811 ko) (page consultée le 3 mai 2021).

liberté religieuse d'un membre du personnel de l'État de porter un signe religieux comme le fait valoir la demanderesse.

En ce sens, PDF Québec soutiendra que de travailler à visage découvert et pour certains fonctionnaires de s'abstenir de porter des signes religieux est conforme aux obligations du devoir de neutralité qui doit être observé par un fonctionnaire durant l'exercice de ses fonctions en vertu de la Loi et des principes dégagés par la Cour suprême du Canada dans *Mouvement laïque québécois c. Saguenay (Ville)*[12].

La Cour suprême a souvent répété que la liberté de religion et particulièrement la liberté d'exprimer ses croyances n'est pas absolu[13]. Ainsi, la Cour a déjà affirmé dans la décision *R. c. N.S.* que le port du niqab ne peut être accepté automatiquement dans un procès, le juge Lebel affirmant que dans un procès criminel, ce vêtement défavorise les communications entre les parties : « Le niqab soustrait le témoin à une interaction complète avec les parties, leurs avocats, le juge et, s'il y a lieu, les jurés[14]. »

PDF Québec soumettra que le voile dit « islamique » sous toutes ses formes est un symbole sexiste et contraire aux valeurs d'égalité entre les sexes, et donc qu'il n'a pas sa place chez les enseignantes de l'école publique. De plus, ce symbole sexiste porte atteinte à la liberté de conscience des élèves et tout particulièrement des fillettes musul-

---

[12] *MLQ c. Saguenay (Ville)*, 2015, 2RCS 3.
[13] Juristes pour la laïcité, *op. cit.*
[14] *R. c. N.S.*, 2012 CSC 72, par. 78.

manes qui seraient incitées à se conformer au modèle de leur enseignante. L'État a le devoir de protéger le droit des enfants de l'école publique à la liberté de religion et de conscience sinon, il « crée une pression en faveur d'une religion et les personnes qui n'y adhèrent pas se trouvent, en quelque sorte, forcées de souscrire à une croyance qu'elles ne partagent pas[15] ». Cela vaut particulièrement pour les enfants des écoles publiques et des autres fonctionnaires de ces écoles.

Il est en effet du devoir de l'État de ne pas favoriser une religion afin de protéger la liberté de religion de toutes les employées et de tous les employés de l'État.

PDF Québec sera le seul intervenant à plaider que l'économie générale de cette loi est créatrice de droit en réitérant que le principe de laïcité de l'État peut limiter la liberté de religion de certains employés de l'État durant leurs heures de travail.

Ainsi, tel que plus amplement détaillé ci-après, de par son expertise sur ces questions, relativement à l'évolution du droit à l'égalité des femmes au Québec, au rôle des femmes au sein des principales religions monothéistes, au port de signes religieux au sein de ces religions PDF Québec souhaite apporter un éclairage unique au tribunal et démontrer en quoi le port de tels signes religieux au sein de la fonction publique viendrait porter atteinte au droit à l'égalité et au droit à la dignité humaine et en quoi les normes internationales et le devoir de neutralité religieuse de l'État permettent d'interdire de tels signes religieux dans la fonction publique.

---

[15] Conseil du statut de la femme; *supra* note 2; p. 81.

ii. L'évolution du droit à l'égalité des femmes au Québec

Si l'intervention à titre conservatoire de PDF Québec est accordée, PDF Québec viendra éclairer le tribunal sur l'évolution du droit à l'égalité des femmes au Québec et les risques que le droit à l'égalité des femmes se voit bafoué au nom d'autres droits comme celui de la liberté de religion.

Comme l'a déjà écrit le professeur José Woehrling[16], le droit des femmes à l'égalité est en effet celui qui risque le plus d'être atteint par le droit à la liberté religieuse :

> « En effet, de nombreuses religions contiennent des principes concernant par exemple la vie familiale, les successions, le statut des personnes ou le code vestimentaire qui sont incompatibles avec l'égalité des sexes dans la mesure où ils confinent la femme à un statut subordonné. »

Or, le droit des femmes à l'égalité est une valeur et un droit incontesté au Québec, comme l'a démontré le Conseil du statut de la femme du Québec dans son avis *Droit à l'égalité entre les femmes et les hommes et liberté religieuse*[17].

Dans cet avis, il a été mis en lumière combien la valeur d'égalité entre les femmes et les hommes a été portée par tous les premiers ministres du

---

[16] José Woehrling, « L'obligation d'accommodement raisonnable et l'adaptation de la société à la diversité religieuse », (1998) 43 *Revue de droit de McGill* 325, 353.

[17] Conseil du statut de la femme, *supra* note 2.

Québec et donc par tous les gouvernements depuis le début de la Révolution tranquille.

La marche des québécoises vers l'égalité s'est faite au fur et à mesure que l'État a affirmé la laïcité de l'État et la séparation entre l'Église et l'État.

Rappelons que la religion catholique était à ce point puissante que les femmes québécoises ont été les dernières à avoir le droit de vote aux élections de leur province parce que le clergé catholique s'y opposait de toutes ses forces, allant même à demander au pape d'intervenir pour empêcher les québécoises de voter[18].

Les femmes mariées ont obtenu le droit d'exister par elle-même, d'avoir leur propre personnalité juridique à la suite d'une loi spéciale de l'Assemblée nationale du Québec (pilotée par la première et seule femme élue), car la religion catholique ne reconnaissait aucun droit et pouvoir d'une personne majeure à une femme mariée.

Notons que le mariage civil a aussi marqué en 1969 un pas de plus vers l'égalité des femmes.

N'eut été de la « nationalisation » de l'éducation québécoise, les jeunes filles n'auraient jamais eu accès à l'éducation puisque le clergé, qui contrôlait l'éducation, ne voyait pas l'intérêt que les femmes soient instruites étant vouées à être la « gardienne de la race ».

On peut dire que c'est en 1989 que les femmes du Québec ont récupéré leurs droits personnels, politiques et sociaux avec les dernières modifications au Code civil du Québec.

---

[18] *Ibid.*

Depuis, le gouvernement du Québec a souscrit aux conventions internationales et a pris des mesures pour s'y conformer, telles que l'adoption d'une politique d'égalité entre les femmes et les hommes et de l'outil d'analyse différenciée entre les sexes, pour relever dans les politiques publiques les éléments sexistes qui font obstacle à l'égalité des femmes.

Le gouvernement du Québec s'est aussi doté de la *Loi sur l'accès à l'égalité en emploi dans les organismes publics*[19], de la *Loi sur l'équité salariale*[20] et d'une politique d'égalité entre les sexes qui réitère qu'il est primordial de lutter contre les stéréotypes sexuels et sexistes qui renvoient les femmes aux rôles traditionnels comme l'obligeaient certaines coutumes et traditions religieuses monothéistes.

PDF Québec rappelle par ailleurs qu'aujourd'hui le modèle québécois d'intégration des nouveaux arrivants, l'interculturalisme, reconnaît les valeurs collectives de la société québécoise que sont la protection du fait français, la séparation entre l'État et la religion et l'égalité entre les femmes et les hommes.

L'interculturalisme qui est un des fondements de la Loi débattue en l'espèce, c'est à dire « que la nation québécoise a des caractéristiques propres, dont sa tradition civiliste, des valeurs sociales distinctes et un parcours historique spécifique ». Cela a été exprimé maintes fois par le gouvernement du Québec, notamment dans l'énoncé de la politique

---

[19] LRQ, c. A-2.01.
[20] LRQ, c. E-12.001.

d'immigration adopté en 1990[21] pour marquer son leadership dans ce domaine de compétence à la suite d'ententes conclues avec le gouvernement du Canada.

Dans cet énoncé, le gouvernement québécois rappelle qu'il est soucieux d'avoir des pouvoirs additionnels en immigration afin de protéger le fait français et les valeurs québécoises, telle l'égalité des sexes, comme idéal commun à partager, notamment avec les nouveaux arrivants.

PDF Québec soumet ainsi que l'égalité des femmes est maintenant un droit consacré en droit québécois, faisant partie des valeurs communes du Québec, et que celui-ci ne peut être subordonné à un accommodement pour motif religieux.

En effet, comme affirmé en 2007 par le premier ministre du Québec, M. Jean Charest, lors de l'annonce de la mise sur pied de la Commission de consultation sur les pratiques d'accommodements reliées aux différences culturelles[22], le droit des femmes à l'égalité ne peut souffrir d'un accommodement :

« L'égalité entre les femmes et les hommes, la primauté du français et la séparation entre

---

[21] Ministère des Communautés culturelles et de l'Immigration du Québec; *Au Québec pour bâtir ensemble: Énoncé de politique en matière d'immigration et d'intégration,* 1991; Publications DAZ inc (PDF), en ligne : http://www.midi.gouv.qc.ca/publications/fr/ministere/Enonce-politique-immiqration-integration-Quebec1991.pdf
(consulté le 10 avril 2018).

[22] « Le premier ministre énonce sa vision et crée une commission spéciale d'étude », site du premier ministre du Québec, archives (2007), en ligne : https://www.premierministre.gouv.qc.ca/actualites/communiques/details.asp?id Communique=923 (consulté le 10 avril 2018).

l'État et la religion constituent des valeurs fondamentales. Elles ne peuvent faire l'objet d'aucun accommodement. Elles ne peuvent être subordonnées à aucun autre principe. »

Selon PDF Québec, le droit des femmes à l'égalité, tel que défini en droit international, canadien et en droit québécois, doit être mis en œuvre pour protéger les femmes des pratiques traditionnelles et des dogmes religieux qui les relèguent à un statut de deuxième classe voire à un être inférieur.

PDF Québec souscrit à la définition de l'égalité entre les hommes et les femmes qu'a adoptée le Conseil du statut de la femme en s'inspirant du droit international et de la jurisprudence canadienne, consacrant le principe de l'égalité réelle :

« Le Conseil considère que le droit à l'égalité entre les sexes, c'est le "droit égal de chacune et de chacun de faire ce qui est en sa puissance". L'égalité est accomplie lorsque toute personne a "la possibilité de réaliser tous ses droits à la mesure de son propre potentiel et de contribuer à l'évolution culturelle, économique, politique et sociale de son pays, tout en bénéficiant personnellement de cette évolution". Pour cela, il est essentiel d'admettre que la société établit une "différence entre le groupe des femmes et celui des hommes", que cette distinction est systémique et qu'elle est aggravée par d'autres facteurs telles l'origine ethnique et l'orientation sexuelle. L'égalité entre les sexes demande la mise en place d'une politique coordonnée de l'égalité à tous les échelons étatiques de même qu'une approche intégrée; l'effectivité de l'égalité entre les sexes concerne toutes les Québécoises, tous les Québécois[23]. »

Ce droit à l'égalité a comme corollaire le droit de ne pas faire l'objet de discrimination, tel que l'a rappelé la Cour suprême du Canada dans l'arrêt Andrews[24] :

« [...] la discrimination peut se décrire comme une distinction, intentionnelle ou non, mais fondée sur des motifs relatifs à des caractéristiques personnelles d'un individu ou d'un groupe d'individus, qui a pour effet d'imposer à cet individu ou à ce groupe, des fardeaux, des obligations ou des désavantages non imposés à d'autres ou d'empêcher ou de restreindre l'accès aux possibilités, aux bénéfices et aux avantages offerts à d'autres membres de la société. Les distinctions fondées sur des caractéristiques personnelles attribuées à un seul individu en raison de son association avec un groupe sont presque toujours taxées de discriminatoires, alors que celles fondées sur les mérites et capacités d'un individu le sont rarement. »

Pour jouir de leur droit à l'égalité, les femmes ne peuvent faire l'objet de discrimination en raison de

---

[23] Conseil du statut de la femme; *supra* note 2; p. 74.
[24] *Andrews c. Law Society of British Columbia*, t19891 1 R.C.S. 143,174.

leur sexe et de leur appartenance au groupe femme, comme groupe traditionnellement discriminé, même encore aujourd'hui.

iii. Le rôle des femmes au sein des principales religions monothéistes et le port de signes religieux

Comme le souligne le Conseil économique et social de l'ONU, cité dans l'ouvrage de l'auteure Caroline Beauchamp *Pour un Québec laïque*[25], les trois principales religions monothéistes (le christianisme, le judaïsme et l'islam) promeuvent le modèle du patriarcat, en organisant la vie en société à partir d'une hiérarchisation de la société où les femmes sont considérées par essence inférieures aux hommes, en excluant les femmes des postes de pouvoir ou de décision, en les écartant des lieux de cultes ou les mettant à part.

Le rôle inférieur accordé aux femmes dans les religions a aussi été dénoncé dans la résolution 1464 adoptée par le Conseil de l'Europe[26]:

« Toutes les femmes vivant dans des États membres du Conseil de l'Europe ont droit à l'égalité et à la dignité dans tous les domaines de la vie. La liberté de religion ne peut pas être acceptée comme un prétexte pour justifier les

---

[25] Caroline Beauchamp, *Pour un Québec laïque*, Sainte-Foy, Presses de l'Université Laval, 2011, p. 59.

[26] Conseil de l'Europe, Résolution 1464, articles 5 et 6 (2005), texte adopté le 4 octobre 2005 (26ᵉ séance), en ligne : http://www.assembly.coe.int/nw/xnllXRef/Xref-XMl2HTML-FR.asp?fileid=I7372&lang=FR (consulté le 12 avril 2018).

violations des droits des femmes, qu'elles soient flagrantes ou subtiles, légales ou illégales, pratiquées avec ou sans le consentement théorique des victimes - les femmes. Les États ne doivent accepter aucun relativisme religieux ou culturel en matière de droits des femmes... Ils se doivent de lutter contre les stéréotypes sur le rôle des femmes et des hommes, motivés par des croyances religieuses, et ce depuis le plus jeune âge, y compris à l'école. »

La rapporteuse Rosmarie Zapfl-Helbling, citée par l'auteure Caroline Beauchamp, s'exprimait ainsi à l'occasion de la discussion de la résolution 1464 en parlant du rôle d'épouse et de mère auquel les femmes sont reléguées :

« Au fil des siècles, ces stéréotypes de genre motivés par des croyances religieuses ont conféré aux hommes un sentiment de supériorité et ont ainsi conduit à un traitement discriminatoire des femmes. Ils ont été même utilisés pour justifier la violence à l'endroit des femmes "afin qu'elles restent à leur place[27]." »

Comme exemple du rôle inférieur des femmes au sein de certaines religions, à ce jour l'Église catholique n'accepte toujours pas que les croyantes investissent les rôles de pouvoir au sein de l'Église, aucune femme ne pouvant être ordonnée prêtre; en 2010, le Vatican a renouvelé cette interdiction dans un document intitulé « Normes sur les délits les

---

[27] Caroline Beauchamp, *op. cit*, p. 63.

plus graves, la tentative d'ordination d'une femme comme étant dans les délits les plus graves contre la foi[28] ».

Les vêtements religieux que portent les femmes sont témoins des croyances et des doctrines qui les ont édictées.

Dans son avis *Droit à l'égalité entre les femmes et les hommes et liberté religieuse*[29] le Conseil du statut de la femme rappelait que le niqab véhicule un message de soumission de la femme.

Le Conseil du statut de la femme avait déjà dénoncé la permission du directeur des élections du Canada de voter avec le visage couvert, ce qui selon le Conseil porte atteinte à la dignité des femmes, et avait rappelé à l'État sa responsabilité de garantir un espace public qui ne porte pas atteinte à la dignité humaine[30].

PDF Québec adhère à cette position du Conseil du statut de la femme et éclairera le tribunal, si son intervention à titre conservatoire est accordée, sur la manière dont le voile islamique ou le niqab est marqueur d'une infériorisation des femmes, puisque seules les femmes sont visées par cette norme religieuse leur commandant de s'effacer dans l'espace public, de faire preuve de pudeur, envoyant le message qu'elles sont moins dignes que

---

[28] Bureau de presse du Saint-Siège, « Normare de Gravorioribus Delictis », 15 juillet 2010, en ligne: http://visnews-fr.blogspot.ca/2010/07/normae-de-gravioribus-delictis.html (consulté le 11 avril 2018).

[29] Conseil du statut de la femme; *supra* note 2; p. 100-103.

[30] Conseil du statut de la femme, Communiqué de presse: L'égalité entre les femmes et les hommes encore une fois bradée!, 7 septembre 2007, en ligne: https://www.csf.gouv.qc.ca/wp-content/uploads/communique-vote-a-visage-couvert-egalite-entre-les-femmes-et-les-hommes-encore-une-fois-brade.pdf (consulté le 11 avril 2018).

les hommes et renforçant les stéréotypes sexuels et sexistes à leur endroit.

iv. Le port des signes religieux dans certains postes de la fonction publique et l'atteinte au droit à l'égalité des femmes

En effet, si l'intervention à titre conservatoire de PDF Québec est accordée, PDF Québec plaidera que de permettre le port de signes religieux surtout pour certains fonctionnaires comme le prévoit la Loi, serait une atteinte au principe de la neutralité religieuse de l'État et une atteinte à la liberté de conscience autant pour le personnel que pour les usagers dont les enfants de l'école publique.

Permettre un vêtement religieux tel le voile islamique ou le niqab chez certaines fonctionnaires de l'État québécois encouragerait la discrimination systémique dont sont victimes toutes les femmes, car c'est seulement aux femmes que les religions demandent de se couvrir en partie ou complètement pour disparaître en public, du seul fait qu'elles sont des femmes.

L'État a le devoir de protéger le droit des femmes à l'égalité et à la dignité humaine et de ne pas faire l'objet de stéréotypes sexistes et de ne pas faire l'objet de pression pour adopter des pratiques contraires à l'égalité.

En effet, certaines femmes croyantes qui préfèrent ne pas arborer un signe religieux sont maintenant victimes de pression afin de porter des signes religieux au travail et il appert que les mêmes pressions se font chez les petites filles afin de démontrer qu'elles sont des bonnes croyantes. L'État a le devoir de fournir un espace neutre, exempt de pression qui laisse le choix aux femmes et aux petites filles du milieu scolaire de ne pas porter de signe religieux.

On sait que la pression est forte au Québec de la part de certaines personnes tel l'imam M. Adil Charkaoui qui demande aux musulmanes de porter le voile pour témoigner de leur pudeur dans un tweet en 2019 : « Chère sœur, ton hijab est ta pudeur, ton hijab est ta fierté, ton hijab est ton jihad au quotidien, Allah te l'a imposé... Même si la terre entière s'y oppose, satisfait les créateurs et ignore les créatures. »

Dans ces circonstances on ne parle plus de liberté de religion et l'État ne peut certainement pas se prêter à ces pratiques qui imposent aux femmes la pudeur faisant référence aux plus vieux stéréotypes patriarcaux voulant que les femmes sont des tentatrices et qu'elles doivent se couvrir pour ne pas exciter la tentation masculine, les hommes étant tous des prédateurs potentiels.

Une telle discrimination porte atteinte à l'égalité des femmes et ne peut être cautionnée par l'État, car contraire à la Charte québécoise et à la Charte canadienne, et contraire à l'ordre public.

Comme le rappelle le professeur Christian Brunelle, la discrimination est d'ordre public et il est interdit d'y renoncer contractuellement ou autrement, car cela est contraire à l'article 8 du Code civil du Québec :

« Partant, l'on ne devrait pas pouvoir renoncer, "par contrat privé" ou autrement, au droit à l'égalité pour la simple et bonne raison que la dignité humaine est inaliénable. De fait, il répugne à l'esprit qu'un travailleur, noir ou handicapé par exemple, puisse valablement renoncer à son droit à des conditions de travail exemptes de discrimination pour obtenir un emploi. C'est tout le régime législatif de protection contre la discrimination qui risquerait de s'écrouler si pareille renonciation était jugée valable[31]. »

Ainsi, PDF Québec affirme que le gouvernement ne peut permettre à une femme de renoncer à son droit à l'égalité et à son droit de ne pas faire l'objet de discrimination en lui permettant de porter le voile islamique ou le niqab dans la fonction publique, car cela est contraire à toute l'économie du droit des femmes à l'égalité.

En acceptant qu'une femme renonce ainsi à son droit à l'égalité, l'État porterait atteinte au droit de toutes les femmes à l'égalité et aux principes de protection de l'intérêt général des femmes inclus dans la Charte québécoise et dans la Charte canadienne.

v. Le port du voile islamique ou du niqab dans des postes visés de la fonction publique et l'atteinte au droit à la dignité humaine

À titre d'intervenant conservatoire, PDF Québec soumettra également que de permettre le port de signes religieux tels le voile islamique ou le niqab

---

[31] Christian Brunelle, « Les limites aux droits et libertés »; in Droit public et administratif; Collection de droit, Barreau du Québec, Cowansville, Yvon Blais, 2017-2018, p. 91-92.

par certains fonctionnaires de l'État québécois porterait atteinte au droit à la dignité humaine tel que protégé distinctement par l'article 4 de la Charte québécoise. Tout comme pour le droit à l'égalité, PDF Québec estime qu'une femme fonctionnaire de l'État québécois ne peut renoncer à la sauvegarde de sa dignité humaine en portant un vêtement qui implique sa soumission et la rend moins digne que les autres femmes et que les hommes, puisqu'en renonçant à sa propre dignité, elle porterait ainsi atteinte à la dignité humaine de toutes les femmes.

Comme le rappelle le professeur Christian Brunelle, la Cour suprême du Canada a donné une portée en ce sens à l'article 4 de la Charte québécoise dans la décision *Curateur public du Québec c. Syndicat national des employés de l'Hôpital St-Ferdinand* :

> « Prenant acte du fait que la dignité constitue, dans le cadre de la Charte québécoise, non seulement "une valeur sous-jacente aux droits et libertés qui y sont garantis" mais aussi "un droit protégé spécifiquement", la Cour suprême du Canada jugeait "que l'art. 4 de la Charte vise les atteintes aux attributs fondamentaux de l'être humain qui contreviennent au respect auquel toute personne a droit du seul fait qu'elle est un être humain et au respect qu'elle se doit à elle-même[32]". »
> [...]

---

[32] Christian Brunelle, « La dignité, ce digne concept juridique »; in Justice, société et personnes vulnérables, *Collection de droit*, Barreau du Québec, Cowansville, Yvon Blais, 2010-2011, p. 27.

« En clair, la communauté humaine est-elle aussi titulaire du "droit à la sauvegarde de sa dignité" au même titre que l'individu lui-même?

« Pour certains, une réponse affirmative s'impose :

« [...] la spécificité du droit au respect de la dignité réside dans son "invocabilité" par toute personne qui se sent atteinte, en tant qu'être humain, par une pratique ou un discours qui ne la met pourtant pas en cause personnellement. Le bénéficiaire du droit au respect de la dignité de la personne humaine n'est alors plus un individu en particulier, mais toute personne appartenant à un groupe stigmatisé, même si elle-même n'est pas directement visée. Chacun devient alors le garant du respect de la dignité de la communauté, qu'il s'agisse de l'ensemble de la communauté humaine ou d'un sous-groupe[33]. »

PDF Québec soumet que telle est l'interprétation que l'on doit donner à l'article 4 de la Charte québécoise : une enseignante ou autre employée de l'État visé par la Loi ne peut renoncer à la protection de sa dignité humaine intrinsèque en portant un vêtement tels le voile islamique ou le niqab, lequel souligne sa soumission, sa pudeur, puisque nul ne peut renoncer à sa dignité humaine.

---

[33] Christian Brunelle, *ibid.*, p. 29, citant Stéphanie Gandreau, « Des Droits de l'Homme aux droits de l'humanité », in Jérôme Ferrand et Hugues Petit (dir.), *Fondations et Naissances des Droits de l'Homme: L'Odyssée des Droits de l'Homme*, tome 1 des Actes du Colloque international de Grenoble, octobre 2001, Paris, l'Harmattan, 2003, p. 242-243.

En France, le Conseil d'État a également consacré ce principe universel de la sauvegarde de la dignité humaine comme étant d'ordre public. La commune de Morsang-sur-Orge en France avait en effet interdit le spectacle du lancer du nain, car attentatoire à la sauvegarde de la dignité humaine à laquelle nul ne peut renoncer, décision confirmée par le Conseil d'État :

« Par sa décision du 27 octobre 1995, le Conseil d'État a, pour la première fois, explicitement reconnu que le respect de la dignité de la personne humaine est une des composantes de l'ordre public. La sauvegarde de la dignité de la personne humaine contre toute forme d'asservissement ou de dégradation avait déjà été élevée au rang de principe à valeur constitutionnelle par le Conseil constitutionnel (Décision n 94-343/344 DC, 27 juillet 1994, p. 100). Elle était aussi visée par les stipulations de l'article 3 de la Convention européenne de sauvegarde des droits de l'homme et des libertés fondamentales du 4 novembre 1950, qui interdit les "peines ou traitements inhumains ou dégradants". Le Conseil d'État a donc jugé que le respect de la personne humaine était une composante de l'ordre public et que l'autorité investie du pouvoir de police municipale pouvait, même en l'absence de circonstances locales particulières, interdire une attraction qui y portait atteinte[34]. »

---

[34] Conseil d'État, 27 octobre 1995, (Ordre public et dignité de la personne humaine), en ligne : http://www.conseil-etat.fr/Decisions-Avis-Publications/Decisions/Les-decisions-les-plus-importantes-du-Conseil-d-Elat/27-

vi. Le droit à l'égalité des femmes doublement protégé par la Charte québécoise et par la Charte canadienne

De plus, si l'intervention à titre conservatoire est accordée, PDF Québec sera le seul intervenant à plaider que l'on ne peut porter atteinte au droit à l'égalité des femmes d'aucune façon, car le droit protégé à l'article 15 de la Charte canadienne reçoit une protection additionnelle par le truchement de l'article 28 de la même Charte.

Rappelons que l'article 28 de la Charte canadienne a été adopté à la suite du lobby de groupes de femmes pour éviter que l'article 27 qui protège le multiculturalisme ne porte atteinte au droit à l'égalité des femmes. Les groupes de femmes craignaient que la liberté religieuse jumelée à l'article 27 puissent justifier un traitement différencié et infériorisant pour les femmes de certaines cultures[35].

L'économie générale de la Charte canadienne jumelée à l'article 28 permet à l'État de limiter la liberté de religion pour certaines fonctionnaires qui souhaitent porter un signe religieux qui témoigne de leur pudeur, témoigne en réalité qu'elles sont moins dignes que les hommes et qu'elle doivent se couvrir la tête ou le corps complètement.

L'État a le devoir de protéger le droit des femmes à l'égalité peu importe que ces femmes renoncent à ce droit. Le droit à l'égalité et à la dignité humaine est inaliénable, d'ordre public et doublement protégé dans la Charte canadienne.

---

octobre-1995-Commune-de-Morsang-sur-Orge (consulté le 25 avril 2018).

[35] Conseil du Statut de la femme, *supra* note 2.

Rappelons que la Cour supérieure, dans la décision de l'honorable Carole Julien[36] dans *Syndicat de la fonction publique du Québec Inc. c. Québec (Procureur général) et al.*, a déjà décidé que le droit à l'égalité des femmes est doublement protégé et qu'il est impossible de l'écarter par une norme ou une clause dérogatoire à cause de l'article 28 de la Charte canadienne.

Dans cette décision touchant la *Loi sur l'équité salariale* du Québec, l'honorable juge Carole Julien y analyse le rôle et la portée de l'article 28 de la Charte canadienne sur la protection de la garantie à l'égalité des femmes de l'article 15. Elle conclut que l'article 28 protège l'égalité des sexes de toutes décisions qui viendraient limiter le droit des femmes à l'égalité et qui seraient discriminatoires à l'endroit des femmes :

> « [a]insi, bien que le principe d'égalité prévu à l'article 15 puisse être écarté par le législateur en vertu de l'article 33, aucune loi ne pourrait opérer, même expressément, une distinction fondée sur le sexe sous peine d'invalidité[37]. »

Après avoir passé en revue la doctrine portant sur l'article 28, l'honorable juge Carole Julien en vient à la conclusion que le droit des femmes à l'égalité ne peut jamais être mis de côté, car ce droit reçoit une protection absolue :

---

[36] *Syndicat de la fonction publique du Québec inc. c. Québec (Procureur général) et al.*, 2004 CanLII 656 (C.S.).

[37] *Syndicat de la fonction publique du Québec inc.*, *ibid.*, par. 1416.

« Le motif privilégié de discrimination est le sexe, puisque l'article 28 assure l'égalité absolue des deux sexes à l'égard des droits et libertés mentionnés dans la Charte. En d'autres fermes, l'article 28 crée une présomption irréfragable d'invalidité des dérogations au principe d'égalité des sexes, et cela ne peut être modifié ou atténué ni par l'article 1 ni par l'article 33 de la Charte[38]. »

Suivant cette décision, le Conseil du statut de la femme a recommandé une modification à la Charte québécoise pour y inclure un équivalent de l'article 28, afin que le droit des femmes à l'égalité reçoive la même protection en droit québécois que celle accordée par la Charte canadienne[39].

Le gouvernement du Québec y a donné suite en adoptant une modification à la Charte québécoise pour y inclure dans le préambule la déclaration de la valeur d'égalité entre les femmes et les hommes et l'article 50.1, lequel prévoit que les droits de la Charte québécoise sont accordés également aux femmes et aux hommes.

PDF Québec estime qu'à la lumière de la décision sur l'article 28 de la Charte canadienne précitée de l'honorable juge Julien et du préambule et de l'article 50.1 de la Charte québécoise, en aucun cas le droit à l'égalité des femmes ne pourra être subordonné à la liberté de religion, et donc que le port d'un signe religieux attentatoire

---

[38] *Ibid.*, par. 1417, citant André Tremblay, « Le principe d'égalité et les clauses anti-discriminatoires », (1984) 18 R.J.T. 329, 341.

[39] Conseil du statut de la femme, *supra* note 2.

à l'égalité des femmes et à leur dignité humaine par un membre du personnel de l'État québécois dans l'exercice de ses fonctions ne peut être admis.

C'est justement pour contrer l'infériorisation des femmes dans les religions qu'a été adopté l'article 28 et non pour renforcer les stéréotypes que l'on retrouve dans toutes les religions et cultures monothéistes protégées par l'article 27 de la Charte canadienne.

vii. L'interdiction du port de certains signes religieux en droit international et dans les juridictions étrangères

À titre d'intervenant conservatoire, PDF Québec souhaitera aussi porter à l'attention du tribunal la manière dont le port de certains signes religieux a été jugé comme portant atteinte aux droits des femmes à l'égalité en droit international public et dans certaines juridictions étrangères en se basant sur des convention dont le Québec et le Canada sont signataires.

En France, en octobre 2008, la Haute autorité de lutte contre les discriminations et pour l'égalité (HALDE) s'est notamment prononcée contre le port de la burqa :

> « De plus, la burqa a été considérée comme comportant une signification de soumission de la femme dépassant sa portée religieuse et portant atteinte aux valeurs républicaines président à la démarche d'intégration, et

notamment le principe d'égalité entre les sexes[40]. »

En analysant les articles 3 et 18 (3) du *Pacte international relatif aux droits civils et politiques* (« PDCP »), auquel le Canada a souscrit, le Conseil du statut de la femme soulignait :

« On constate, à la lecture des deux articles, une différence de hiérarchie entre ces garanties : la liberté de religion trouve sa limite notamment dans les droits et les libertés d'autrui, tandis que le droit à l'égalité est garanti sans restriction[41]. »

Le Conseil du statut de la femme en venait à la conclusion que les instruments internationaux affirment la préséance de l'égalité entre les sexes et qu'en conséquence, le PDCP protège la liberté de religion, mais déclare aussi du même souffle que cette liberté trouve sa limite dans le droit à l'égalité entre les femmes et les hommes. Les normes internationales, telles que la Convention européenne des droits de l'homme et la Convention de sauvegarde des droits de l'homme et des libertés fondamentales (qui ont inspiré les rédacteurs de la Charte québécoise et de la Charte canadienne), la Convention sur l'élimination de toutes les formes de discrimination à l'égard des femmes (ci-après la « CEDEF ») à

---

[40] Haute autorité de lutte contre les discriminations et pour l'égalité, Délibération n° 2008-193 du 15 septembre 2008; in Rapport annuel 2008, Paris, La Documentation Française, 2009, p. 58.

[41] Conseil du statut de la femme, *supra* note 2, p. 109.

laquelle le Canada et le Québec ont adhéré, la Déclaration universelle des droits de l'homme ainsi que le PDCP, instrument de mise en œuvre de celle-ci, prévoient aussi des limites à la liberté de religion[42].

Le Conseil du statut de la femme soulignait que les articles 2 et 5 de la CEDEF mentionnent nommément les devoirs des États signataires, dont le Canada et le Québec.

Article 2
Les États parties condamnent la discrimination à l'égard des femmes sous toutes ses formes [...] et, à cette fin, s'engagent à : [...] [p]rendre toutes les mesures appropriées, y compris des dispositions législatives, pour modifier ou abroger toute loi, disposition réglementaire, coutume ou pratique qui constitue une discrimination à l'égard des femmes. [...]

Article 5
Les États parties prennent toutes les mesures appropriées pour: a) Modifier les schémas et modèles de comportement socioculturel de l'homme et de la femme en vue de parvenir à l'élimination des préjugés et des pratiques coutumières, ou de tout autre type, qui sont fondés sur l'idée de l'infériorité ou de la supériorité de l'un ou l'autre sexe ou d'un rôle stéréotypé des hommes et des femmes[43].

---

[42] André Morel, *Code des droits et libertés*, 5ᵉ éd., Montréal, Thémis, 1998.

[43] Convention sur l'élimination de toutes les formes de discrimination à l'égard des femmes; Haut-Commissariat des Nations Unies aux droits de l'homme; https://www.ohchr.org/FR/ProfessionalInterest/Pages/CEDAW.aspx (page consultée le 3 mai 2021).

1.4 Les conclusions recherchées

Accueillir l'intervention volontaire à titre conservatoire de PDF Québec en appui de la défenderesse Procureure générale du Québec et rejeter la demande amendée de la demanderesse en contrôle judiciaire pour invalider la *Loi sur la laïcité de l'État*.

À la lumière de ce qui précède, il est opportun que PDF Québec soit autorisé à intervenir en l'instance à titre conservatoire et à participer au débat lors de l'instruction, compte tenu de l'importance des questions en litige, au regard notamment de l'intérêt public et de l'utilité de son apport au débat. La présente demande d'intervention à titre conservatoire est bien fondée en faits et en droit.

Pour ces motifs, plaise au Tribunal, d'autoriser le tiers intervenant PDF Québec à intervenir en l'instance, à titre conservatoire, dans le but de participer au débat lors de l'instruction.

1.5 Les modalités de l'intervention volontaire de PDF Québec

Si l'intervention de PDF Québec à titre conservatoire est accordée, PDF Québec suivra les procédures déjà au dossier, respectera l'échéancier établi, sans retarder le dossier, et se soumettra aux modalités d'intervention que la Cour pourra ordonner.

PDF Québec fera une preuve par déclarations écrites sous serment conformément à l'article 106 C.p.c., dont celle de la vice-présidente de PDF Québec, Mme Lyne Jubinville.

PDF Québec invitera Mme Yolande Geadah, chercheuse et auteure québécoise sur la religion et stigmatisation des femmes, à titre de témoin experte à répondre à la question : comment la laïcité de l'État et l'interdiction de signes religieux chez les enseignantes par exemple protège-t-elles l'égalité des femmes et en quoi l'interdiction des signes religieux chez les enseignantes de l'école publique est indispensable à la liberté de religion et de conscience des élèves?

PDF Québec produira d'autres déclarations assermentées au soutien de la présente demande.

PDF Québec produira le rapport de l'experte d'ici le 13 mars 2020.

2. L'ARGUMENTAIRE DÉPOSÉ AU PROCÈS

Le plan d'argumentation de l'intervenante conservatoire PDF Québec, tel que présenté par Me Christiane Pelchat le 14 décembre 2020 en Cour supérieure, a été dédié à Diane Guilbault, ex-présidente de PDF Québec, décédée le 21 août 2020. Il commence par un rappel historique des droits des femmes au Québec, incluant l'adoption des articles clés des chartes canadienne et québécoise, en ce qui a trait aux droits des femmes. L'argumentaire s'attarde, par la suite, à la liberté de religion, au droit à l'égalité des femmes et à la délimitation de la liberté de religion par le droit international. Enfin, il s'attarde à la loi 21 en relation avec la liberté de religion puis, en relation avec l'égalité entre les femmes et les hommes.

2.1 Introduction

Les questions en litige en la présente instance sont d'une grande importance pour toute la société québécoise. La laïcité de l'État est le socle de l'État de droit, du respect de la liberté religieuse et de l'égalité des femmes.

Depuis 2008, les gouvernements provinciaux du premier ministre Jean Charest, de la première ministre Pauline Marois et du premier ministre Philippe Couillard ont tous déposé un projet de loi pour mettre des balises à l'exercice de la liberté de religion en conformité avec le droit d'autrui. La loi qui consacrait le devoir de neutralité pour la première fois, a été suspendue par cette cour et remplacée en partie par la loi 21 adoptée par l'Assemblée nationale du Québec.

Pourquoi une loi sur la laïcité? Pour inscrire dans notre droit, la laïcité comme principe juridique autonome plutôt que de s'en remettre aux tribunaux pour définir, au cas par cas, ce concept démocratique. La Loi devient ainsi un guide dans la gestion des demandes d'accommodements religieux (des employés, usagères, enfants, collègues) jusqu'ici reliées seulement au droit individuel. Elle permet d'éviter les dérives d'accommodements aux dépens du droit des femmes à l'égalité. L'adoption de la loi 21 comble donc un vide juridique en promulguant une norme pour guider les tribunaux dans l'interprétation du droit à la liberté de religion et la liberté de conscience au Québec face aux droits d'autrui.

Fondé en 2013, PDF Québec a été spécifiquement créé dans le but de faire entendre la voix des femmes en mettant de l'avant le caractère collectif de leur droit à l'égalité et la situation des femmes en tant que groupe protégé tant par la *Charte des droits et libertés de la personne* (ci-après la « Charte québécoise ») que par la *Charte canadienne des droits et libertés* (ci-après la « Charte canadienne ») en raison de leur sexe. En tant qu'organisme voué à la défense des droits des femmes, PDF Québec présente un point de vue féministe sur la nécessité de légiférer sur la laïcité de l'État et sur le devoir de réserve plus strict des personnes exerçant certaines fonctions, et ce, afin de protéger le droit des femmes, leur liberté de conscience et leur droit de ne pas faire l'objet de stéréotype religieux et culturel. Comme l'ont exprimé les Juristes pour la laïcité de l'État dans leur mémoire en commission parlementaire sur l'étude du projet de loi 21, cette loi est d'une importance salutaire :

> « L'avènement de la laïcité marque donc la consécration de l'État de droit, car elle est l'affirmation qu'aucune loi de nature extérieure ne peut prévaloir sur celle établie démocratiquement par la société civile. La laïcité est incompatible avec toute conception de la religion qui souhaiterait régenter au nom des principes supposés de celle-ci, le système social ou l'ordre politique[44]. »

Aussi, comme le dit la rapporteuse spéciale de l'ONU pour la laïcité, cette dernière « ménage aux femmes et aux minorités un espace qui leur permet de critiquer ces idéologies et d'exercer leur droit culturel sans discrimination[45] ».

2.2 Rappel historique

La quête de l'égalité entre les femmes et les hommes au Canada a commencé bien avant la révision constitutionnelle de 1982. Il est cependant important de faire un bref rappel des démarches des premières féministes

---

[44] Les Juristes pour la laïcité de l'État; *supra* note 9; p. 3.

[45] Clément Pétreault, « Ceux qui bénéficient de la laïcité ne la défendent pas »; *Le Point;* 4 décembre 2020.

qui nous ont permis de nous rendre à l'adoption des articles 15 et 28 de la Charte canadienne.

L'évolution des droits des femmes a été lente au Canada, comme en témoignent ces éléments clés :

- En 1918, les Canadiennes obtiennent le droit de vote;
- En 1929, la Cour suprême du Canada refuse de reconnaître les femmes comme des personnes; elles doivent se rendre au Conseil privé de Londres, car on leur avait refusé le statut de personne en 1927 les empêchant ainsi, entre autres, d'être nommées au Sénat[46];
- En 1940, les Québécoises obtiennent le droit de vote après une lutte sans merci de l'Église catholique; selon cette Église : « L'entrée des femmes dans la politique, même par le seul suffrage, serait pour notre province un malheur. Rien ne le justifie, ni le droit naturel, ni l'intérêt social; les autorités romaines approuvent nos vues qui sont celles de tout notre épiscopat[47]. »
- On affirmait que les femmes avaient un cerveau plus petit que celui des hommes qui leur interdisait de comprendre la chose politique.

Depuis la Révolution tranquille (début des années 1960), le Québec a clairement marqué son

---

[46] Condition féminine Canada (Gouvernement du Canada); Journée de l'affaire « personne »; *Le Mois de l'histoire des femmes*; https://cfc-swc.gc.ca/commemoration/whm-mhf/persons-personne-fr.html Dernière modification: 30 sept. 2020 (page consultée le 2 octobre 2020).

[47] Cardinal Bégin; source : *Cap-aux-Diamants*, n° 21, printemps 1990, p. 23.

désir de séparer l'Église et l'État et a favorisé le droit des femmes à l'égalité dont :

- La fin de l'incapacité juridique de la femme mariée en 1964[48];
- La reconnaissance du mariage civil célébré par un officier laïque en 1968[49];
- La *Loi sur l'aide sociale* de 1969 qui permet à des femmes, chefs de familles monoparentales de toucher des prestations sans avoir à se soumettre aux humiliations de l'ancienne *Loi d'assistance aux mères nécessiteuses*;
- La décriminalisation de la contraception par le Parlement du Canada en 1969[50];
- La Commission Bird sur la situation des femmes en 1970;
- La création des Conseils du statut de la femme Québec et Canada (Le Conseil canadien a été aboli) afin de conseiller les gouvernements sur les politiques publiques d'égalité des sexes;
- L'adoption de la Charte québécoise en 1975 qui interdit officiellement, pour la première fois, toute discrimination fondée sur le sexe;
- La *Loi instituant un nouveau Code civil et portant réforme du droit de la famille* introduit en 1980 la notion d'égalité des

---

[48] Loi 16; 1964, SQ 1964 (12-13 ElizII), c. 66.

[49] SQ 1968, 17 ElizII, c. 82;

[50] Gouvernement du Canada; Fédération du Québec pour le planning des naissances; Chronologie; https://www.fqpn.qc.ca/public/informez-vous/contraception/la-fqpn-et-la-contraception/chronologie-3/ (page consultée le 2 octobre 2020).

époux dans la gestion de la famille et l'éducation des enfants[51];
- La reconnaissance du viol des femmes mariées en 1984;
- La décriminalisation de l'avortement avec l'arrêt Morgentaler en 1988[52];
- L'inclusion du principe d'égalité entre les femmes et les hommes dans le préambule et l'article 50.1 de la Charte québécoise[53].

Ces importantes transformations sociales ont été provoquées par le désir de la société québécoise de se moderniser et d'opter pour des règles démocratiques plutôt que des règles religieuses pour gérer «son vivre ensemble». Ce rappel historique illustre bien l'existence d'une relation étroite entre la laïcité et la reconnaissance du droit des femmes à l'égalité[54].

De façon plus contemporaine, le Conseil du statut de la femme a démontré, en 2011, la corrélation entre la laïcité de l'État et l'égalité des sexes. Son avis intitulé *Affirmer la laïcité, un pas de plus vers l'égalité réelle entre les femmes et les hommes*, fait la démonstration de la nécessité de l'affirmation de la laïcité non seulement pour reconnaître le droit des femmes à l'égalité, mais aussi pour le protéger[55]. La société québécoise, comme les autres sociétés historiquement catholiques, a vécu sous l'emprise du pouvoir religieux de l'Église. L'histoire des

---

[51] LQ. 1980, c. 39 et LQ 1989, c. 55.

[52] *r. c. Morgentaler*, [1988] 1 R.C.S. 30.

[53] *Loi modifiant la Charte des droits et libertés de la personne*; 2008.

[54] Conseil du statut de la femme; *supra* note 2.

[55] Conseil du statut de la femme; *supra* note 3; p. 11-12.

Québécoises témoigne des restrictions imposées par la religion, mais également de leurs efforts pour s'en libérer. Avec le recul de l'emprise de l'Église catholique sur la vie collective au Québec, elles ont enfin pu faire reconnaître leur droit à l'égalité. Jocelyn Maclure a affirmé, dans son rapport d'expert soumis à la Cour, qu'avant l'avis de 2007, le Conseil du statut de la femme adoptait le principe de laïcité ouverte en citant des extraits d'une recherche et d'un avis de 1995. Or, le Conseil ne prenait pas position sur les obligations de neutralité religieuse de l'État découlant du principe de laïcité, mais se prononçait sur le port du hijab des élèves. Il est clair que les élèves n'ont pas de devoir de neutralité au même titre que l'État et ses représentants.

La lutte des Québécoises pour l'égalité depuis le début du XXe siècle explique la crainte chez certaines du retour du religieux dans l'espace public. Une démocratie ne saurait remettre délibérément ce droit en question. Mais tant et aussi longtemps que des règles religieuses peuvent s'immiscer dans la gestion de l'État, les femmes sont à risque de voir s'éroder ce droit.

Les nouvelles revendications basées sur la religion remettent en cause la séparation de l'État et de la religion. Or, elles menacent le droit des femmes à l'égalité. L'accommodement dit raisonnable accordé à la Société d'assurance automobile du Québec (SAAQ) pour les usagers qui refusent de faire affaire avec une femme pour des motifs religieux en est un exemple[56][57]. Cette décision approuvée par la Commission

---

[56] Daniel Carpentier, Commentaires sur la politique d'accommodement appliquée par la Société de l'assurance automobile du Québec lors de l'évaluation de conduite; Commission des droits de la personne et des droits de la jeu-

des droits de la personne et des droits de la jeunesse montre bien que le droit à l'égalité des femmes est moins important que le droit à la liberté de religion ou que la protection de non-discrimination raciale. Ainsi peut-on imaginer que l'on demande de ne pas être servi par un agent noir? Est-ce que la décision de la Commission aurait été la même? La ségrégation raciale est interdite, mais en vertu de cet accommodement endossé par la Commission des droits de la personne et des droits de la jeunesse en 2009, la ségrégation sexuelle devient acceptable.

Pour poursuivre le travail de consolidation du droit des femmes à l'égalité, l'État se devait de statuer explicitement sur le fait que les règles religieuses ne sauraient intervenir ni dans la gestion des affaires publiques ni dans les relations de l'État avec les citoyennes et les citoyens. La loi 21 offre cette assise juridique essentielle.

2.3 L'adoption des articles 15, 28 et 35(4) de la Charte canadienne, la modification du préambule de la Charte québécoise et l'ajout de l'article 50.1

Donc, indépendamment de la décision de cette cour sur le rapport entre les articles 28 et 33, il est

---

nesse; Cat. 2.120-4.23; 2009; 9 pages;
https://www.cdpdj.qc.ca/storage/app/media/publications/accommodements_politique_SAAQ_commentaires_Commission.pdf (page consultée le 4 mai 2021).

[57] Commission de consultation sur les pratiques d'accommodement reliées aux différences culturelles; Rapport Gérard Bouchard et Charles Taylor; Fonder l'avenir – Le temps de la conciliation; 2008; p. 56;
https://numerique.banq.qc.ca/patrimoine/details/52327/66284 (page consultée le 3 mai 2021).

essentiel de rappeler le contexte de l'adoption des trois clauses d'égalité des sexes de la Charte canadienne et de la clause additionnelle de la Charte québécoise. Les articles 15, 28 et 35(4) de la Charte canadienne ont fait l'objet de longues discussions chez les féministes du Canada anglais et de longues négociations avec le gouvernement du premier ministre fédéral, Pierre Elliott Trudeau, pour en arriver à la version adoptée en 1982 lors du rapatriement de la Constitution canadienne.

Le livre *The Taking of Twenty-Eight*, de la journaliste Penney Kome relate les événements entourant les négociations sur les articles 15, 28 et éventuellement 35(4), ainsi que l'ingéniosité dont ces femmes ont fait preuve pour obtenir ce qu'elles souhaitaient[58]. En 1981, les féministes craignaient que la Charte des droits et libertés enchâssée dans la Constitution rapatriée ne soit élaborée sans consultation des femmes et même sans le Conseil du statut de la femme du Canada. Contre la volonté du gouvernement canadien, mais avec la complicité de Doris Anderson, présidente démissionnaire du Conseil du statut de la femme du Canada, elles ont réuni plus de 1000 femmes du pays pour élaborer ce qui allait devenir l'article 28.

Craignant que la formulation de l'article 15 ne produise les mêmes interprétations de la Cour suprême que ceux de l'article 1 de la *Déclaration canadienne des droits*[59] qui avaient pénalisé les

---

[58] Penney Kome, *The Taking of Twenty-eight. Women Challenge the Constitution;* Charis Wahl; 1983.
[59] *Déclaration canadienne des droits* (s.c. 1960, ch. 44.).

femmes du Canada, dont les femmes autochtones, les femmes souhaitaient un article qui consacrerait l'égalité des femmes, en plus de la non-discrimination. L'égalité formelle, telle que développée par la Cour, privait les femmes des mêmes droits que les hommes. L'article 28 a comme fonction de lutter contre les interprétations qui maintiennent les stéréotypes sexuels et sexistes à l'endroit des femmes, dont sont tributaires toutes les sociétés bâties sur l'organisation politique, sociale et juridique du patriarcat.

Déjà, à l'occasion de la Commission royale d'enquête sur la situation de la femme au Canada, les commissaires avaient affirmé que l'égalité devait être reconnue par rapport aux acquis des hommes et non en comparant les femmes entre elles :

> « Le Canada, par conséquent, s'est engagé à respecter un principe qui ne tolère pas de distinction dans les droits et les libertés accordés aux êtres humains, hommes et femmes. Ce principe met l'accent sur une situation commune à tous, au lieu de considérer les deux sexes selon deux perspectives différentes. La voie est libre, et rien en principe ne peut empêcher l'avènement d'une nouvelle société, que les représentants des deux sexes bâtiront ensemble et dont ils profiteront également[60]. »

---

[60] Commission royale d'enquête sur la situation de la femme au Canada : *Rapport de la Commission royale d'enquête sur la situation de la femme au Canada;* Septembre 1970; p. xi (Critères et principes n° 2). https://epe.lac-bac.gc.ca/100/200/301/pco-bcp/commissions-ef/bird1970-fra/bird1970-fra.htm (page consultée le 14 janvier 2021).

La Cour suprême avait jusqu'alors nié le droit des femmes à l'égalité pour accorder un simulacre d'égalité avec ce qui est convenu d'appeler l'égalité formelle, soit l'égalité de traitement. Cette approche a donné des jugements, tel l'arrêt de *Bédard et Lavell c. P.G. du Canada*[61] où la Cour suprême a déclaré que la norme qui faisait que les femmes autochtones mariées à un blanc perdaient leur statut de « femme indienne », contrairement aux hommes autochtones qui ne perdaient aucun droit, était légitime et valide. Selon la Cour, comme toutes les femmes autochtones perdaient leurs droits, il n'y avait pas discrimination; c'était tout simplement, reconnaitre l'égalité devant la loi, l'égalité de traitement. C'est ce que l'on appelait les « pareils traités pareil ».

La Cour suprême a aussi rejeté la réclamation de Mme Murdoch à la moitié de la ferme lors de son divorce. Même si M. Murdoch s'absentait cinq mois par année et que tous les travaux de la ferme étaient effectués par Mme Murdoch, la Cour refuse un droit de propriété car Mme Murdoch ne faisait qu'accomplir le travail routinier de toute épouse sur une ferme[62]. Même chose dans l'arrêt de *Bliss c. P.G. du Canada* où la Cour suprême a déclaré qu'il n'y avait pas de discrimination basée sur le sexe en vertu de la Déclaration canadienne, en raison du congédiement de Mme Bliss quelques jours avant qu'elle donne naissance à son enfant. Le juge Ritchie déclarant :

---

[61] *Bédard et Lavell c. P.G. du Canada* [1974] R.C.S. 1349.

[62] *Murdoch c. Murdoch* 1975 1 SCR. 424.

« Toute inégalité entre les sexes dans ce domaine n'est pas le fait de la législation, mais bien de la nature[63]. »

L'article 28 est donc né de la volonté des rédactrices féministes canadiennes (Feminist Framers) de corriger le concept de l'égalité formelle adoptée par la Cour suprême du Canada dans l'interprétation de la Déclaration canadienne, pour une égalité réelle dite « substantive ». Une égalité qui ne laisse aucune place à des interprétations basées sur des stéréotypes sexistes[64].

Les décisions qui consacraient l'égalité formelle, c'est-à-dire que toutes les femmes sont traitées de la même manière, donc pour la Cour, il n'y a pas de discrimination entre les femmes. Cela a mené à perpétuer les inégalités criantes à l'endroit des femmes. Cette égalité formelle a été qualifiée de « Les pareils traités pareil[65] ». Comme toutes les femmes autochtones perdaient leur statut, comme toutes les femmes enceintes devaient travailler plus de semaines que les autres travailleurs pour avoir des prestations de chômage, comme toutes les femmes fermières n'avaient pas droit au partage de la ferme, il n'y avait pas de discrimination.

Les rédactrices féministes voulaient corriger ces injustices en passant de la « non-discrimination » à

---

[63] *Bliss c. P.G. du Canada* [1979] 1 R.C.S. 183, p. 184.

[64] Susan Bazilli et Marilou McPhedran, « Women's Constitutional Activism in Canada and South Africa ».

[65] Louise Langevin, faculté de droit université Laval; Les Défis du droit à l('In)égalité.

l'égalité réelle (de substance) entre les femmes et les hommes :

« The Equality clause of the Bill of Rights had never been interpreted to women's benefit. Since virtually the same wording was being proposed for the Charter, the CACSW (Canadian Advisory Council of Status of Women) immediately blanketed the country with a flyer explaining why[66]. »
« Most attention was paid to clause 15 concerning "Non discrimination Rights". Women wanted the section renamed "Equality Rights", to emphasize that equality means more than nondiscrimination. They suggested expanded wording for the section, to ensure that it would stand up in court, as the wording of the Bill of Rights had not[67]. »

Cette modification venait corriger la similitude de l'article 15 à l'article 1 de la Déclaration canadienne qui prévoyait la non-discrimination au lieu de droit à l'égalité[68]. Les féministes voulaient une égalité qui ne laisse aucune place à des interprétations basées sur des stéréotypes sexistes. Le ministre de la Justice de l'époque, Jean Chrétien, accepte de renommer l'article 15 de la Charte avec le titre « Equality Rights », avec quatre nouvelles garanties :

---

[66] Penny Kome, *supra* note 56; p. 29.
[67] *Ibid;* p. 35.
[68] Susan Bazilli et Marilou McPhedran, « Women's Constitutional Activism in Canada and South Africa », IWRP, 2010; p. 405.

« The nondiscrimination rights in Clause 15 were renamed "Equality Rights" and now provided four kinds of guarantee: "Equality before the law and under the law" and "equal benefit and protection of the law". These changes answered some of the feminists' most serious concerns about the Charter, as expressed in their briefs[69]. »

Mentionnons également que les femmes autochtones ont réussi à obtenir une reconnaissance de leur droit à l'égalité en faisant ajouter l'alinéa 4 de l'article 35 de la Charte canadienne :

(1) Les droits existants — ancestraux ou issus de traités — des peuples autochtones du Canada sont reconnus et confirmés.
Égalité de garantie des droits pour les deux sexes.
(4) Indépendamment de toute autre disposition de la présente loi, les droits — ancestraux ou issus de traités — visés au paragraphe (1) sont garantis également aux personnes des deux sexes[70].

Le Québec a modifié la Charte québécoise en 2008 pour y inclure l'équivalent de l'article 28. En effet, en 2008, l'Assemblée nationale du Québec a adopté une modification à la Charte québécoise pour y inclure :

---

[69] Penny Kome, *op. cit.*, p. 41.

[70] *Charte canadienne des droits et libertés;* Partie II Droits des peuples autochtones du Canada; p. 1.

(Dans le préambule) « Considérant que le respect de la dignité de l'être humain, l'égalité entre les femmes et les hommes et la reconnaissance des droits et libertés dont ils sont titulaires constituent le fondement de la justice, de la liberté et de la paix[71]. »
« 50.1. Les droits et libertés énoncés dans la présente Charte sont garantis également aux femmes et aux hommes[72]. »

Cette modification à la Charte québécoise a été faite à la demande du Conseil du statut de la femme[73] afin de doter le droit québécois d'une disposition équivalente à l'article 28 de la Charte canadienne. Le droit des femmes à l'égalité a ainsi été renforcé par cette modification.

Comme les rédactrices féministes en 1981, PDF Québec croit que l'article 28 ainsi que le préambule et l'article 50.1 de la Charte québécoise sont l'expression de l'égalité réelle qui remplace l'égalité formelle telle que la Cour suprême l'avait adoptée sous la Déclaration canadienne. La discrimination faite par les religions ou les coutumes patriarcales à l'endroit des femmes ne peut plus être justifiée en droit canadien et québécois; les femmes et les

---

[71] *Charte des droits et libertés de la personne;* p.1; http://legisquebec.gouv.qc.ca/fr/showdoc/cs/c-12 (page consultée le 4 mai 2021).

[72] *Op. cit.;* p, 9.

[73] Conseil du statut de la femme; Avis : Mémoire sur le projet de loi n° 63, *Loi modifiant la Charte des droits et libertés de la personne;* janvier 2008; https://www.csf.gouv.qc.ca/wp-content/uploads/memoire-sur-le-projet-de-loi-no-63-loi-modifiant-la-charte-des-droits-et-libertes-de-la-personne.pdf (page consultée le 2 octobre 2020).

hommes ont le droit d'être traités également et avec la même dignité. Le Conseil du statut de la femme a aussi constaté qu'aucune définition de l'égalité (réelle) entre les femmes et les hommes n'existe dans nos chartes et dans la jurisprudence puisque nos tribunaux ne se sont jamais prononcés là-dessus. Inspiré des instruments internationaux, le Conseil du statut de la femme a défini le concept juridique de l'égalité entre les femmes et les hommes de cette façon :

> « Le Conseil considère que le droit à l'égalité entre les sexes, c'est le droit égal de chacune et de chacun de faire ce qui est en sa puissance. »
> « L'égalité est accomplie lorsque toute personne a la possibilité de réaliser tous ses droits à la mesure de son propre potentiel et de contribuer à l'évolution culturelle, économique, politique et sociale de son pays, tout en bénéficiant personnellement de cette évolution[74]. »

Cette définition indique l'égalité réelle ou « égalité de substance », consacrée par les articles 15, 28 et 35(4) de la Charte canadienne ainsi que par le préambule et l'article 50.1 de la Charte québécoise, qui exigent que l'on tienne compte du contexte historique et politique des rapports sociaux de genres, des rôles traditionnellement réservés aux femmes et aux hommes et de l'évolution de la société, dans l'analyse de l'application du concept d'égalité.

Oui, les femmes veulent les mêmes droits que les hommes, mais elles veulent aussi que leurs diffé-

---

[74] Conseil du statut de la femme; *supra* note 2; p. 74-75.

rences soient prises en compte, notamment les différences biologiques, pour éviter de nier leur droit comme dans l'arrêt Bliss. C'est cette vision qu'a finalement adoptée la Cour suprême à l'occasion de l'arrêt *Andrews c. Law Society of British Columbia*[75] pour le droit à l'égalité en général. L'égalité réelle permet aux femmes d'avoir des congés de maternité, des congés parentaux, ainsi qu'aux hommes d'avoir droit à un congé de paternité (uniquement au Québec). Les rôles stéréotypés dévolus aux femmes et aux hommes sont révolus grâce à la protection de l'égalité réelle. Les femmes peuvent jouir des avancées économiques, scientifiques et sociales de notre société autant que les hommes. Même s'il est difficile de sortir des rôles sociaux de genre au Canada comme ailleurs dans le monde, il reste qu'une femme n'a plus à se battre devant les tribunaux pour accéder à des postes traditionnellement réservés aux hommes.

Le gouvernement du Québec est un exemple pour les politiques publiques et pour des mesures qui reconnaissent le principe de l'égalité réelle. L'avis de 2007 du Conseil du statut de la femme, où on a défini l'égalité des sexes et proposé l'équivalent de l'article 28, portait essentiellement sur le conflit de droit entre la liberté de religion et le droit des femmes à l'égalité. Les rédactrices de l'avis du Conseil du statut de la femme ont démontré combien l'égalité des sexes était en danger en faveur de la liberté de religion, au même titre que les féministes en 1982 avaient reconnu la menace que constituait le multiculturalisme.

---
[75] *Andrews c. Law Society of British Columbia*, [1989] 1 R.C.S. 143.

On peut lire dans *The Taking of Twenty-Eight* :

« But then there was the new multiculturalism clause, Clause 27, which might be construed to protect such customs as polygyny or clitoridectomy[76]. »

« 27. Toute interprétation de la présente charte doit concorder avec l'objectif de promouvoir le maintien et la valorisation du patrimoine multiculturel des Canadiens. »

Comme le rappelle aussi la professeure Beverley Baines, à l'époque de l'adoption de l'article 28, le multiculturalisme constituait une autre menace à l'égalité des femmes :

« The framers' starting point, which was to challenge the prevailing hierarchy that treated sex discrimination as less heinous than some other forms of discrimination. Clearly, they were worried that multicultural heritage, which is protected in section 27, might be used to justify the unequal treatment of women[77]. »

Cette crainte de l'impact du multiculturalisme sur le droit des femmes vient du « paradoxe du multiculturalisme » comme l'exprime la professeure

---

[76] Penney Kome, *supra* note 56; p. 41.

[77] Beverly Baines, « Section 28 of the *Canadian Charter of Rights and Freedoms*: A Purposive Interpretation », 2005,17, *Revue Femmes et droit;* p. 51-52.

Natasha Bakht[78] de l'Université d'Ottawa dans une longue analyse sur l'introduction potentielle du droit de la charia comme norme juridique régissant le droit de la famille en Ontario. S'inspirant des écrits de Ayelet Shachar, professeure de droit à l'Université de Toronto, elle explique :

« Le paradoxe du multiculturalisme réside dans le fait que des efforts tout à fait valables déployés pour élargir la liberté d'action de collectivités minoritaires marginalisées peuvent avoir pour effet de renforcer des hiérarchies de pouvoir au sein desdites collectivités. Il s'agit donc de trouver le moyen d'accommoder les différences culturelles tout en protégeant les membres vulnérables du groupe contre d'éventuelles violations des droits que leur garantit l'État. Comment protéger les femmes et autres personnes vulnérables qui vivent sous l'égide d'un groupe religieux[79]? »

Ce paradoxe, illustré par la professeure Shachar et présenté par la professeure Bakht, a pris toute son importance lors du débat entourant l'adoption du droit de la charia en Ontario faisant craindre la résurgence d'une systématisation de la discrimination faite aux femmes et aux enfants en les privant des bénéfices du partage du patrimoine familial, du droit civil et du droit à la pension alimentaire, par exemple. Selon la professeure Bakht, la famille est

---

[78] Natasha Bakht, Arbitrage, religion et droit de la famille : la privatisation du droit au détriment des femmes; mars 2005.

[79] Ayelet Shachar, « The Puzzle of Interlocking Power Hierarchies: Sharing the Pieces of Juridictional Authority » (2000) 35 Harv. C.R.-C.L.; p. 47.

déterminante pour l'identité religieuse et culturelle de certaines communautés :

> « Comme on l'a noté plus haut, le champ du droit de la famille a longtemps nourri des tensions parce qu'il met en jeu les critères que se donnent les groupes pour déterminer qui sont leurs membres, et qu'il constitue en outre un des sites majeurs de l'oppression des femmes[80]. »

Les militantes féministes de l'article le 28, bien qu'ouvertes à la reconnaissance des groupes minoritaires par la société, ne pouvaient accepter les discriminations faites aux femmes basées sur l'article 27 à l'intérieur même de ces mêmes groupes. Elles souhaitaient ardemment que l'article 28 permette aux Canadiennes de jouir de toutes les avancées de notre société, au même titre que les hommes, et cela indépendamment des rôles assignés aux femmes dans les religions ou par le patrimoine multiculturel.

En toute honnêteté, il faut reconnaître que l'article 28 n'a pas donné les fruits escomptés et que la Cour suprême du Canada a continué à nier le droit à une égalité substantive comme l'a démontré l'analyse de la professeure Beverley Baines[81].

---

[80] *Op. cit.;* p. 47.

[81] « In the earliest decision in 1993, the male majority told Beth Symes that the *Income Tax Act* did not discriminate against women by not recognizing childcare expenses as a business tax deduction. 13 Next, in 1994, they told the Native Women's Association of Canada (NWAC) that Canada was not discriminating against them by refusing to fund their participation in the constitutional discussions that led to Charlottetown Accord. 14 Then, the court decided in 1995 that the *Income Tax Act* did not discriminate against Suzanne Thibaudeau

2.4 La liberté de religion et le droit des femmes à l'égalité

Avant les militantes féministes de 1980-1982, la Commission royale d'enquête sur la situation de la femme au Canada en 1970 reconnaissait que les religions étaient une cause de l'infériorisation des femmes et du retard des femmes dans le monde, comparativement aux hommes, pour jouir des avancées juridiques, technologiques, sociales et culturelles de nos sociétés. Les commissaires affirmaient :

« Bien des philosophes et la plupart des théologiens ont affirmé et réaffirmé la subordination de la femme à l'homme et ont considéré comme naturelle la soumission de la fille à l'égard du père et de l'épouse vis-à-vis du mari. (...) À partir des notions des Anciens au sujet de la femme, il était facile de tout diviser, fonctions, traits psychologiques, en deux univers séparés, l'un masculin et l'autre féminin, s'opposant l'un à l'autre sur presque tous les points. Ces catégories opposées, ces stéréotypes au sujet de la "nature" des femmes et des hommes sont loin d'avoir disparu des

---

by compelling her, rather than her ex-husband, to pay the income tax on the alimony she received from him. 15 In the fourth case, the male justices told the Vancouver Society of Immigrant and Visible Minority Women in 1999 that denying them charitable status under the *Income Tax Act* was not discriminatory. 16 Finally, in the only unanimous decision, the court decided in 2004 that Newfoundland did not have to honour a pay equity agreement it had signed in favour of female employees in the healthcare sector. »; Beverley Baines, View of *Constitutionalizing Women's Equality Rights : There is Always Room For Improvement*; p. 114.

croyances populaires ou de la mentalité. On présume que les femmes sont émotives, dépendantes, douces, et que, par conséquent, l'homme possède les attributs contraires : rationalité, indépendance, agressivité[82]. (...) »

Soulignons que les trois religions monothéistes[83] sont nées dans le creuset du patriarcat et ont donc transformé en dogmes religieux des pratiques patriarcales antérieures. Comme le souligne le Conseil Économique et social de l'ONU[84] :

« Les religions, y compris les religions monothéistes, sont généralement nées dans des sociétés très patriarcales ou la polygamie, la répudiation, la lapidation, l'infanticide, etc., étaient des pratiques courantes et où les femmes étaient considérées comme des êtres impurs, voués aux destins secondaires d'épouses, de mères, voire de signes extérieurs de richesse. »

Ces religions organisent la société à partir d'une hiérarchie qui met les hommes au niveau supérieur et les femmes au niveau inférieur. Les dogmes et coutumes patriarcales ont été les plus grands vec-

---

[82] Commission royale d'enquête sur la situation de la femme au Canada; *supra* note 58; p. 12, par. 32 et 35.

[83] Religion qui n'admet l'existence que d'un dieu unique. (Le monothéisme est l'affirmation fondamentale des trois grandes religions méditerranéennes, le judaïsme, le christianisme et l'islam.) Larousse en ligne.

[84] Abdelfattah Amor, Conseil Économique et Social de l'ONU; *Rapport - Droits civils et politiques et, notamment: Intolérance religieuse;* Commission des droits de l'Homme; Cinquante-huitième session; 5 avril 2002; par. 15.

teurs de discriminations faites aux femmes dans le monde et le sont encore. Pour les trois religions monothéistes, les femmes sont impures, mais sont aussi qualifiées comme dangereuses, tentatrices et responsables du péché originel.

« Au fil des siècles donc, l'interprétation de ce récit a nourri une réelle suspicion à l'égard des femmes, de leur sexualité et même de la sexualité en général. De péché d'orgueil, la faute imputée à Ève est devenue une faute de sensualité, la femme s'avérant l'instrument du diable[85]. »

La professeure Frances Raday, identifie la source de cette infériorisation des femmes :

« The Old Testament, the source book of the three monotheistic religions, forcefully frames gender as a patriarchal construction, the story of creation [...] Under most of the monotheistic religious norms, women are not entitled to equality in inheritance, guardianship, custody of children, or division of matrimonial property. In most of the branches of the monotheistic religions, women are not eligible for religious office and, in some, they are limited in their freedom to participate in public life, whether political or economic[86]. »

---

[85] Caroline Beauchamp, *supra* note 23; p. 52.

[86] Frances Raday, « Culture, Religion and Gender », *International Journal of Constitutional Law*, October 2003; p. 672-673, p. 675.

Comme le rappelle le Conseil du statut de la femme dans son avis de 2007:

« L'égalité, sur le plan juridique, est un concept comparatif : une personne est égale ou inégale par rapport à une autre et selon certains critères. Le choix des critères et des groupes de comparaison est donc déterminant. Dans une société patriarcale, l'égalité a été définie par les hommes et pour les hommes. D'un point de vue féministe, l'égalité entre les sexes va au-delà de l'égalité formelle (l'égalité de traitement) et exige une approche plus large, soit l'égalité réelle (de substance)[87]. »

Le Conseil économique et social de l'ONU abonde dans le même sens :

« Cependant, force est de reconnaître que, généralement, l'histoire des religions, comme l'histoire du monde pour sa plus grande part, a été vue et écrite d'un point de vue masculin[88]. »

La professeure Louise Langevin de l'Université Laval estime aussi que le patriarcat infériorise les femmes :

« Il est important de rappeler que dans une société patriarcale, dont la société québécoise

---

[87] Conseil du statut de la femme; *supra* note 2; p. 68.

[88] Abdelfattah Amor, Conseil Économique et Social de l'ONU, *supra* note 82; par. 22.

fait partie, la culture et la religion constituent des lieux de pouvoir qui excluent les femmes et qui tentent de les contrôler. Les cultures patriarcales, y compris les religions, façonnent donc les rapports sociaux de sexe. De nombreuses pratiques culturelles et religieuses dans toutes les parties du monde servent à dévaloriser les femmes et les filles et portent ainsi atteinte à leur dignité[89]. »

La professeure de droit Gila Stopler explique que les religions ne sont plus (ou presque plus) utilisées pour discriminer selon la race, mais elle dénonce que nous soyons encore enclins à porter atteinte aux droits des femmes en vertu des principes religieux. Elle explique aussi comment dans nos sociétés dites libérales se maintient le pouvoir religieux basé sur le patriarcat au détriment des femmes :

« This article discusses the way in which the power of religion and culture perpetuates the hegemony of patriarchy. Although religion and culture are as fundamental to women as they are to men and are shared by both women and men, the current legal protection afforded to patriarchal aspects of religion and culture perpetuates patriarchy's hegemony and seriously undermines women's ability to achieve equality[90]. »

---

[89] Louise Langevin, La diversité culturelle, la liberté religieuse et le droit des femmes à l'égalité: Tensions à l'horizon; Número Especial: Jornados Jurídicas Brasil-Canadá, p. 169-188, 2012; citation p. 172.

[90] Gila Stopler, « A rank usurpation of power - The role of patriarchal religion and culture in the subordination of women »; *Duke Journal of Gender Law &*

Si l'enchâssement de l'article 27 constituait une menace à l'égalité en 1982 pour les rédactrices féministes, le Conseil du statut de la femme considérait en 2007 que la religion s'affirmait comme possible obstacle au droit à l'égalité des femmes.

Entre 2006 et 2008, plusieurs accommodements religieux par des institutions de l'État du Québec ont fait les manchettes, parce que très souvent, ils portaient atteinte au droit des femmes[91]. Cette situation a mené le Conseil du statut de la femme à élaborer l'avis sur le conflit de droit entre la liberté de religion et le droit des femmes à l'égalité. La principale conclusion de son avis était que l'absence d'encadrement des accommodements religieux pouvait mener à des accommodements qui portent atteinte au droit des femmes à l'égalité et devenaient ainsi, déraisonnables. Il rappelait également que nos tribunaux ont reconnu que le droit à la liberté de religion n'est pas absolu et qu'il peut être limité par le droit des autres. Le Conseil estimait que le droit des femmes à une égalité réelle posait donc une limite au droit à la liberté de religion[92].

Nous concluons aussi que les articles 28 de la Charte canadienne et 50.1 de la Charte québécoise permettent d'interpréter le droit à la liberté de reli-

---

Policy; Volume 15:365; 2008; p. 366; Elle ajoute : All invocations of toleration as justification for the continued subordination of women are in conflict with the true meaning and purpose of toleration and serve as a status-enforcing mechanism that perpetuates the hegemony of patriarchy.

[91] Conseil du statut de la femme; *supra* note 3; Commission Taylor, *supra* note 48; p. 47 et suivantes; Charles-Philippe Courtois, « La nation québécoise et la crise des accommodements raisonnables: bilan et perspectives ».

[92] Conseil du statut de la femme; *supra* note 3; p. 80 et suivantes.

gion comme ne pouvant pas porter atteinte au droit à l'égalité des femmes. Comme l'écrivait le Conseil du statut de la femme dans son analyse sur la liberté de religion et le droit des femmes à l'égalité, c'est l'arrêt *R. c. Big M Drug Mart Ltd*[93] qui a défini la liberté de religion en faisant de la neutralité religieuse un de ses aspects. Le Conseil du statut de la femme ajoute :

« La liberté de religion comprend donc deux aspects : le libre exercice de la religion et, pour l'État, l'obligation de neutralité religieuse. La liberté d'exercice revêt deux dimensions; une positive et une négative. La liberté d'exercice positive permet à une personne d'entretenir des croyances religieuses, de les exprimer et de les mettre en pratique. (...) Le contenu négatif quant à lui, permet à une personne de ne pas adhérer à une religion ou de ne pas être forcée d'agir en raison de la motivation religieuse qu'elle ne partage pas. C'est l'objection de conscience[94]. »

La liberté de religion de nos chartes n'est pas absolue comme l'a répété à plusieurs reprises la Cour suprême du Canada et encore une fois en 2018 dans l'arrêt Trinity Western University :

« Les restrictions à la liberté de religion constituent souvent une réalité incontournable pour le décideur dans le cadre de l'exercice

---

[93] *R. c. Big M Drug Mart Ltd* 1985 CSC 295.

[94] Conseil du statut de la femme; *supra* note 2; p. 79.

du mandat que lui confie la loi dans une société multiculturelle et démocratique. **La liberté de religion peut être restreinte lorsque les croyances ou pratiques religieuses d'une personne causent préjudice aux droits d'autrui ou entravent l'exercice de ces droits** (R. c. Big M Drug Mart Ltd., [1985] 1 R.C.S. 295, p. 346-347; Multani c. Commission scolaire Marguerite-Bourgeoys, 2006 CSC 6, [2006] 1 R.C.S. 256, par. 26[95]). » [Nous soulignons.]

Cette décision a été précédée par l'arrêt *MLQ c. Saguenay* en 2015 sur le devoir de neutralité de l'État et l'importance de la liberté de conscience. Selon le juge Gascon :

« À mon avis, la position des appelants doit prévaloir. Le parrainage par l'État d'une tradition religieuse, en violation de son devoir de neutralité, constitue de la discrimination à l'endroit de toutes les autres (*S.L. c. Commission scolaire des Chênes*[96]) Si l'État favorise une religion au détriment des autres, il crée en effet une inégalité destructrice de la liberté de religion dans la société (*R. c. Big M Drug Mart Ltd*[97]). Dans un cas comme celui-ci, la pratique qui consiste à réciter la prière et le règlement qui l'encadre

---

[95] *Law Society of British Columbia c. Trinity Western University*, [2018] 2 R.C.S. 293; par. 40.

[96] *S.L. c. Commission scolaire des Chênes*, 2012 CSC 7, [2012] 1 R.C.S. 235, par. 17.

[97] *R. c. Big M Drug Mart Ltd*., 1985 CanLII 69 (CSC), [1985] 1 R.C.S. 295, p. 337.

entraînent l'exclusion de M. Simoneau sur la base d'un motif énuméré, soit la religion. Cette exclusion compromet son droit à l'exercice, en pleine égalité, de sa liberté de conscience et de religion. La discrimination dont il se plaint est directement tributaire, d'une part, du caractère religieux de la prière, et d'autre part, du droit de la ville de la réciter comme elle le fait[98].

Deux autres arrêts vont dans le même sens : *Bruker c. Marcovitz* où la Cour reconnaît une limite à la liberté de religion du mari en faveur de son ex-épouse et *Colonie huttérite*, où la Cour a endossé le fait que d'avoir un permis de conduire est un privilège et que d'obliger la prise de photo contrairement aux principes religieux de la communauté huttérite doit être maintenue[99].

Comme on le voit dans ces arrêts, en droit canadien il est maintenant acquis que la liberté de religion n'est pas absolue, elle est limitée par le droit des femmes à l'égalité ou tout autre droit d'autrui. Nous soumettons qu'il en est de même pour le droit international.

2.5 La délimitation de la liberté de religion par le droit international

Comme l'exprime éloquemment le Conseil du statut de la femme dans le chapitre V de son avis de 2007, le droit international ne lie pas les tribu-

---

[98] *MLQ c. Saguenay (Ville)*, 2015, 2RCS 3.; par. 64.

[99] *Bruker* c. *Marcovitz*, [2007] 3 R.C.S. 607, (ci-après « *Bruker* »). *Alberta* c. *Hutterian Brethren of Wilson Colony*, [2009] 2 R.C.S. 567, (ci-après « *Colonie huttérite* »).

naux canadiens, même si les traités sont ratifiés par l'exécutif canadien[100]. Toutefois, la Cour suprême du Canada souligne l'importance de tenir compte de l'interprétation des instruments juridiques internationaux lorsque le Canada adhère à ces traités. Dans le renvoi relatif à la *Public Service employee Act*, la Cour suprême affirme;

> « En outre, le Canada est partie à plusieurs conventions internationales sur les droits de la personne qui comportent des dispositions analogues ou identiques à celles de la Charte. Le Canada s'est donc obligé internationalement à assurer à l'intérieur de ses frontières la protection de certains droits et libertés fondamentaux qui figurent aussi dans la Charte. **Les principes généraux d'interprétation constitutionnelle requièrent que ces obligations internationales soient considérées comme un facteur pertinent et persuasif quand il s'agit d'interpréter la Charte.** [...]
> En somme, bien que je ne croie pas que les juges soient liés par les normes du droit international quand ils interprètent la Charte, il reste que **ces normes constituent une source pertinente et persuasive d'interprétation des dispositions de cette dernière, plus particulièrement lorsqu'elles découlent des obligations internationales contractées par le Canada sous le régime des conventions sur les droits de la personne**[101]. » [Nous soulignons.]

---

[100] Conseil du statut de la femme; *supra* note 2; p. 105.

[101] *Renvoi relatif à la Public Service Employee Relations Act (Alb.)*, cité dans

Dans le cas des conventions internationales auxquelles nous adhérons, en plus de tenir compte de l'interprétation qui en est faite, ces traités ont inspiré la formulation de nos chartes comme c'est le cas des clauses de protection de l'égalité des femmes. En effet, il est admis que l'article 3 du Pacte international relatif aux droits civils et politiques a inspiré la rédaction des articles 28 et 35(4) de la Charte canadienne et 50.1 de la Charte québécoise[102]. Ce pacte a été adopté en 1966 (mis en vigueur en 1976) pour donner vie à la Déclaration universelle des droits de l'homme[103] et donner une valeur contraignante au respect de ses valeurs. Le Canada a souscrit à la Déclaration universelle et au Pacte international relatif aux droits civils et politiques.

L'article 2 du Pacte garantit le droit à la non-discrimination et l'article 3 reconnaît précisément aux femmes le droit de jouir au même titre que les hommes de tous les droits reconnus :

« Art. 2. Les États parties au présent Pacte s'engagent à respecter et à garantir à tous les individus se trouvant sur leur territoire et relevant de leur compétence les droits reconnus dans le présent Pacte, sans distinction aucune, notamment de race, de couleur, de sexe, de langue, de religion, d'opinion poli-

---

l'Avis du Conseil du statut de la femme de 2007, p. 107.

[102] Haut-commissariat des droits de l'homme des Nations Unies; Pacte international relatif aux droits civils et politiques; Article 3; https://www.ohchr.org/fr/professionalinterest/pages/ccpr.aspx (page consultée le 8 octobre 2020);

[103] Organisation de Nations Unies (ONU); Déclaration universelle des droits de l'homme; 1948; https://www.un.org/fr/universal-declaration-human-rights/index.html (page consultée le 8 octobre 2020).

tique ou de toute autre opinion, d'origine nationale ou sociale, de fortune, de naissance ou de toute autre situation.
Art. 3. Les États, parties au présent Pacte, s'engagent à assurer le droit égal des hommes et des femmes de jouir de tous les droits civils et politiques énoncés dans le présent Pacte. »

Il est pertinent de souligner le parallèle que l'on peut faire avec les articles 15, 28 et 35(4) de la Charte canadienne, le préambule et l'article 50.1 de la Charte québécoise et ces deux articles du Pacte. On se rend compte qu'avant l'adoption des clauses d'égalité des sexes dans nos chartes, la garantie de l'égalité des femmes était peut-être moins forte que la protection du Pacte. C'est ce que concluaient les féministes de 1981 et les rédactrices du Conseil du statut de la femme dans l'avis de 2007.

Par ailleurs, la liberté de religion reçoit aussi une protection dans le Pacte international relatif aux droits civils et politiques, mais elle peut être limitée par une loi ou par le droit d'autrui :

« Art. 18(3) : La liberté de manifester sa religion ou ses convictions ne peut **faire l'objet que des seules restrictions prévues par la loi** et qui sont nécessaires à la protection de la sécurité, de l'ordre et de la santé publique, ou de la morale ou des libertés et droits **fondamentaux d'autrui.** » [Nous soulignons.]

Ainsi l'égalité des femmes et des hommes ne peut être restreinte, tandis que la liberté de religion peut l'être par une loi, des considérations d'ordre public et les droits fondamentaux d'autrui, dont le droit des femmes à être traitées également. L'importance de la protection du droit des femmes à l'égalité a également été consacrée par la Convention sur l'élimination de toutes les formes de discrimination à l'égard des femmes[104] (CEDEF). Cette convention est entrée en vigueur en 1982 et adoptée puis mise en œuvre par le Canada et le Québec. Son préambule rappelle l'adoption des obligations de la Déclaration universelle et celles du Pacte tout en observant que ces instruments n'ont pas réussi à éliminer la discrimination à l'endroit des femmes dans le monde :

« Préoccupés toutefois de constater qu'en dépit de ces divers instruments les femmes continuent de faire l'objet d'importantes discriminations,
Rappelant que la discrimination à l'encontre des femmes viole les principes de l'égalité des droits et du respect de la dignité humaine, qu'elle entrave la participation des femmes, dans les mêmes conditions que les hommes, à la vie politique, sociale, économique et culturelle de leur pays, qu'elle fait obstacle à l'accroissement du bien-être de la société et de la famille et qu'elle empêche les femmes de servir leur pays et l'humanité dans toute la mesure de leurs possibilités[105] »,

---

[104] Convention sur l'élimination de toutes les formes de discrimination à l'égard des femmes; *supra* note 41.
[105] *Ibid*, Préambule.

Nos gouvernements se sont engagés à :

Article 2
Les États parties condamnent la discrimination à l'égard des femmes sous toutes ses formes, conviennent de poursuivre par tous les moyens appropriés et sans retard une politique tendant à éliminer la discrimination à l'égard des femmes et, à cette fin, s'engagent à :
(...)
d) S'abstenir de tout acte ou pratique discriminatoire à l'égard des femmes et faire en sorte que les autorités publiques et les institutions publiques se conforment à cette obligation;

f) Prendre toutes les mesures appropriées, y compris des dispositions législatives, pour modifier ou abroger toute loi, disposition réglementaire, coutume ou pratique qui constitue une discrimination à l'égard des femmes;

Article 5
Les États parties prennent toutes les mesures appropriées pour :
a) Modifier les schémas et modèles de comportement socioculturel de l'homme et de la femme en vue de parvenir à l'élimination des préjugés et des pratiques coutumières, ou de tout autre type, qui sont fondés sur l'idée de l'infériorité ou de la supériorité de l'un ou l'autre sexe ou d'un rôle stéréotypé des hommes et des femmes;

Le gouvernement québécois a adopté plusieurs lois et mesures spécifiques pour répondre à son engagement à l'article 5 dont certaines sont énoncées plus haut. Notons qu'une politique d'égalité entre les femmes et les hommes est en vigueur et qu'un plan d'action pour atteindre l'égalité des sexes est mis en place et fait l'objet d'un suivi et d'une évaluation en commission parlementaire en présence de la ministre de la Condition féminine[106].

Les gouvernements du Québec et du Canada font rapport aux quatre ans de leurs actions pour respecter leurs engagements d'éliminer les sources d'inégalités entre les femmes et les hommes ainsi que les lois ou politiques publiques « fondées sur l'idée de l'infériorité ou de la supériorité de l'un ou l'autre sexe ou d'un rôle stéréotypé des hommes et des femmes ».

Il est aussi pertinent de souligner que d'autres instruments internationaux prévoient que l'égalité des femmes, comme droit, peut constituer une limite à la liberté de religion et qui sont prévus par une loi. Ainsi, selon la Déclaration sur l'élimination de toutes les formes d'intolérance et de discrimination fondées sur la religion ou la conviction (Déclaration sur la religion) :

Article premier
1. Toute personne a droit à la liberté de pensée, de conscience et de religion. Ce droit implique la liberté d'avoir une religion ou n'importe quelle conviction de son choix, ainsi que la liberté de manifester sa religion ou sa

---

[106] Secrétariat à la condition féminine (Gouvernement du Québec); Stratégie gouvernementale pour l'égalité entre les femmes et les hommes vers 2021; 2017; http://www.scf.gouv.qc.ca/fileadmin/Documents/Egalite/strategie-egalite-2021.pdf (page consultée le 4 mai 2021).

conviction, individuellement ou en commun, tant en public qu'en privé, par le culte et l'accomplissement des rites, les pratiques et l'enseignement.
2. (...)
3. La liberté de manifester sa religion ou sa conviction ne peut faire l'objet que **des seules restrictions qui sont prévues par la loi** et **qui sont nécessaires à la protection** de la sécurité publique, de l'ordre public, de la santé ou de la morale ou des libertés et **droits fondamentaux d'autrui**[107]. [Nous soulignons.]

« La Déclaration conjointe des Rapporteuses spéciales sur les droits des femmes », adoptée le 8 mars 2002 à Montréal lors d'une rencontre organisée par Droits et Démocratie, indique aussi que la liberté de religion peut être limitée par le droit à l'égalité entre les femmes et les hommes. Cette déclaration mentionne :

> « Nous reconnaissons la diversité qui existe entre les femmes ainsi que le droit des personnes de jouir de leur propre culture en communauté et avec d'autres membres de leur groupe. Nous reconnaissons que l'application des droits des femmes présente des particularités selon les régions. Néanmoins, les États ne sauraient invoquer la coutume, la tradition ou des considérations religieuses pour se sous-

---

[107] Déclaration sur l'élimination de toutes les formes d'intolérance et de discrimination sur la religion ou la conviction (Déclaration sur la religion); https://www.ohchr.org/fr/professionalinterest/pages/religionorbelief.aspx (page consultée le 4 mai 2021).

traire à leur obligation d'éliminer la violence et la discrimination à l'égard des femmes. Toutes les femmes ont le droit de vivre dans la liberté, l'égalité et la dignité[108].»

Ces instruments juridiques ainsi que ces déclarations et résolutions illustrent que les religions discriminent les femmes et portent atteinte à leur droit à l'égalité. Ils affirment clairement qu'ils ont pour objet d'interdire la discrimination et l'atteinte aux droits des femmes normalisées depuis des millénaires par nos systèmes patriarcaux qui ont décrété que les femmes sont inférieures aux hommes, qu'elles n'étaient pas des personnes, ne pouvaient pas voter, ne pouvaient pas aller à l'école, devaient être soumises à l'autorité du père ou du mari, sans personnalité juridique, sans droits sur les enfants, etc.

Par conséquent, c'est à l'aune des stéréotypes sexistes que les droits consacrés dans les instruments internationaux ainsi que dans le droit constitutionnel canadien et québécois, ont été édictés.

Les rédacteurs et rédactrices du droit international ont envisagé bien avant nous le conflit potentiel entre l'égalité des sexes et la liberté de religion et ont développé des instruments visant à protéger et à libérer les femmes du carcan des stéréotypes sexuels, sexistes des religions qui entraînent une discrimination systématique des femmes.

---

[108] Conseil du statut de la femme; *supra* note 2; p. 113-114.

2.6 La *Loi sur la laïcité de l'État* et la liberté de religion

Avec égard pour l'opinion contraire, c'est exactement ce à quoi s'emploie la loi 21. Elle rappelle tout d'abord, dans son préambule, que le Québec est une nation distincte.

« CONSIDÉRANT que la nation québécoise a des caractéristiques propres, dont sa tradition civiliste, des valeurs sociales distinctes et un parcours historique spécifique l'ayant amenée à développer un attachement particulier à la laïcité de l'État[109]. »

La loi 21 énonce que l'État du Québec est laïque et dicte que toutes les institutions doivent respecter les principes de son article 2;

Art. 2. La laïcité de l'État repose sur les principes suivants : 1° la séparation de l'État et des religions; 2° la neutralité religieuse de l'État; 3° l'égalité de tous les citoyens et citoyennes; 4° la liberté de conscience et la liberté de religion[110].

Cette loi introduit dans notre droit des mesures pour préserver la liberté de religion, et donc, exiger la neutralité religieuse de l'État et favoriser la liberté de conscience. En affirmant que le droit à l'égalité des sexes guide la loi 21, elle s'assure aussi

---
[109] *Loi sur la Laïcité de l'État*; supra note 5.
[110] *Ibid.*

que les femmes ne peuvent pas faire l'objet de discrimination basée sur des motifs religieux. En plus de l'interdiction de porter des signes religieux aux articles 6 et 8 pour certains employés, la loi 21 exige, à l'article 4, le respect du devoir de neutralité religieuse tel que prévu à la *Loi favorisant le respect de la neutralité religieuse de l'État et visant notamment à encadrer les demandes d'accommodements pour un motif religieux dans certains organismes* (chapitre R-26.2.01).

Si la présente Cour donnait raison à l'acte d'intervention tel qu'amendé par le Conseil national des musulmans canadiens et Mme Nourel Hak pour y inclure l'argument sur l'article 28 afin de contourner la clause dérogatoire de la Charte canadienne, il faudrait analyser la portée des dispositions de la loi 21.

Nous faisons nôtres les propos de l'honorable juge Mainville de la Cour d'appel du Québec en rejet de l'appel du jugement interlocutoire rejetant la suspension de la loi 21 par la Cour supérieure :

[135] « Mais il y a plus. Même si l'on concluait que l'article 28 de la Charte canadienne est une disposition de droit substantif pouvant faire échec à la clause dérogatoire de l'article 33 de la Charte canadienne, permettant ainsi de suspendre l'effet des articles 6 et 8 de la *Loi sur la laïcité de l'État*, il faudrait, avant de ce faire, aussi conclure que ces articles de la Loi ne pourraient constituer des limites raisonnables aux droits et libertés garantis par la Charte canadienne. L'article 1

de la Charte canadienne prévoit en effet que les droits et libertés qui y sont énoncés – ce qui comprendrait probablement l'article 28 si on adhère à la thèse des appelants voulant qu'il s'agisse d'une disposition de droit substantif – peuvent être restreints « par une règle de droit, dans des limites qui soient raisonnables et dont la justification puisse se démontrer dans le cadre d'une société libre et démocratique[111] ».

Ainsi nous proposons que la loi 21 n'est pas *ultra vires* et qu'elle est conforme au droit québécois, au droit canadien et aux conventions internationales ratifiées par le Canada.

L'historique de l'adoption la loi 21 témoigne d'un contexte social et politique marqué par le débat sur les accommodements religieux depuis 2005[112]. Le Québec, qui a une identité distincte, est reconnu comme une nation qui a forgé une identité collective basée sur la protection des valeurs comme la séparation de l'Église et l'État, la protection de son identité francophone et l'égalité entre les femmes et les hommes[113].

---

[111] *Hak c. Procureure générale du Québec*, 2019 QCCA 2145; p.17.

[112] Commission Bouchard-Taylor; *supra* note 55.

[113] Micheline Milot : « Par rapport aux débats canadiens, les enjeux entourant la laïcité au Québec se formulent différemment. Démographiquement et culturellement, le Québec comporte des différences majeures avec le reste du Canada. Même si l'immigration est une priorité des politiques québécoises, il demeure qu'il s'agit de la seule province canadienne avec une majorité de francophones mais également de catholiques déclarés. Pour cette population, minoritaire au Canada, la question identitaire se pose de manière plus aiguë. La problématique relative à la laïcité en constitue un excellent révélateur. Elle croise la question des valeurs « communes », de l'intégration citoyenne, de l'expression des identités et, plus fondamentalement, celle de l'identité natio-

Les gouvernements ont tenté à plusieurs reprises, depuis 2008, de légiférer en matière de liberté de religion jusqu'à l'adoption de la loi 62 (*Loi favorisant le respect de la neutralité religieuse de l'État et visant notamment à encadrer les demandes d'accommodements pour un motif religieux dans certains organismes*). Cette loi, qui a érigé pour la première fois la neutralité religieuse de l'État en norme juridique, a été remplacée et améliorée par la loi 21 que nous examinons dans cette instance. Comme l'a mis en preuve l'intervenant Mouvement laïque québécois, la marche vers une laïcité et une déconfessionnalisation des institutions publiques a commencé depuis 1960. Le Conseil du statut de la femme a démontré, dans son avis de 2007, que cette marche a permis aux Québécoises de s'affranchir du clergé catholique et peu à peu d'être libérées des rôles sexistes et infériorisants que lui attribuait l'Église. Nous proposons que la loi 21 vient mettre un jalon de plus à une réelle égalité des sexes.

Ce contexte historique de la marche vers une séparation du religieux et de l'État au Québec a été reconnu par la Cour suprême du Canada dans *S.L. c. Commission scolaire Des Chênes* :

« Le contexte historique, politique et social de la fin du XXe siècle, l'adoption des chartes québécoise et canadienne et l'interprétation

---

nale. Ainsi, c'est au Québec que se formulent les critiques les plus vives concernant les effets sociaux appréhendés des accommodements consentis pour des motifs religieux (craintes d'une « confessionnalisation » de l'espace public ou d'encouragements au communautarisme). » Laïcité au Canada, Liberté de conscience et exigence d'égalité. https://journals.openedition.org/assr/21233#text ; par. 32.

de la liberté de religion par les tribunaux canadiens ont joué un rôle important dans la décision de l'État québécois de demeurer neutre en matière religieuse. S'il est vrai que, à la différence de la Constitution américaine, la Charte canadienne ne limite pas explicitement l'appui que l'État peut apporter à une religion, les cours canadiennes ont néanmoins jugé que le parrainage par l'État d'une tradition religieuse est discriminatoire à l'égard des autres[114]. »

Rappelons que la loi 21 vient pallier l'absence de norme juridique pour encadrer l'exercice de la liberté de religion dans une société libre et démocratique. Ce vide normatif a été signalé dans plusieurs jugements, dont la décision de la Cour suprême du Canada dans *Mouvement laïque québécois c. Saguenay (Ville)*[115]. La Cour suprême y rappelle que la neutralité religieuse de l'État en était une de fait puisqu'aucune législation ne prévoyait une norme à respecter pour les institutions publiques en matière de laïcité et de neutralité religieuse :

> « Ni la Charte québécoise ni la Charte canadienne n'énoncent explicitement l'obligation de neutralité religieuse de l'État. Cette obligation résulte de l'interprétation évolutive de la liberté de conscience et de religion[116]. »

---

[114] *S.L. c. Commission scolaire Des Chênes, op. cit.;* par.17.

[115] *MLQ c. Saguenay (Ville), op. cit.*

[116] *Ibid;* par. 71.

Non seulement la loi 21 comble le vide législatif sur la laïcité et rappelle que le devoir de neutralité religieuse de l'État est une des deux faces de la liberté de religion, mais elle précise aussi que la laïcité est le socle du respect du droit à l'égalité.

La loi 21 vient explicitement dicter l'obligation de neutralité religieuse de l'État en proclamant la laïcité de l'État à l'article 9.1 de la Charte québécoise.

« 9.1. Les libertés et droits fondamentaux s'exercent dans le respect des valeurs démocratiques, de la laïcité de l'État, de l'ordre public et du bien-être général des citoyens du Québec. La loi peut, à cet égard, en fixer la portée et en aménager l'exercice. »

L'édiction de cette nouvelle norme fournit aux tribunaux et aux administrations publiques une norme juridique et un guide pour aménager la liberté de religion en respectant nommément le droit des autres. Depuis des années, les institutions publiques sont aux prises avec des demandes d'accommodements religieux sans qu'une balise législative vienne encadrer ces pratiques et aider les décideurs à faire face à ces demandes multiples.

La loi 21 est mesurée en visant l'interdiction de signes religieux pour certaines personnes durant leurs heures de travail, car elles représentent l'État et sont donc les gardiens de la neutralité religieuse de l'État. Cela reflète l'opinion de la Cour dans *MLQ c. Saguenay* :

« Par conséquent, suivant une approche réaliste et non absolutiste, la neutralité de l'État est assurée lorsque celui-ci ne favorise ni ne défavorise aucune conviction religieuse; en d'autres termes, lorsqu'il respecte toutes les positions à l'égard de la religion, y compris celle de n'en avoir aucune, tout en prenant en considération les droits constitutionnels concurrents des personnes affectées[117]. »

La loi 21 répond également aux préoccupations de parents qui veulent préserver la liberté de conscience de leurs enfants ainsi que la leur. Ces derniers exigent que l'école publique remplisse sa promesse de laïcité et s'opposent, au nom de leur droit à la liberté de conscience et de religion, à ce que le personnel enseignant transmette, par le port de signes religieux, des valeurs religieuses à leurs enfants. Voici, en preuve, des extraits de déclarations sous serment de parents soumises à cette cour (voir annexe 1) :

« 7. À la suite de mes expériences difficiles à cette école, j'ai la forte impression que le port d'un signe religieux par des personnes en position d'autorité influence les comportements de ma fille et la fait questionner sur ses choix et ceux de sa mère. Le jugement exercé sur ma fille parce qu'elle n'adhère pas aux pratiques religieuses (…) la font remettre en question sa propre spiritualité. Ce jugement ne favorise pas le développement de son plein potentiel, ne respecte pas sa liberté de choix (…) »

---

[117] *Ibid;* par. 132.

« 6. Je m'oppose à ce que l'école transmette des messages religieux à mes enfants à travers des signes religieux portés notamment par des membres du personnel enseignant.
« 7. Je tiens à ce que nos enfants soient protégés de tout prosélytisme religieux actif ou passif. »
« 8. Je m'oppose donc à ce que du personnel enseignant transmette à mes enfants des valeurs morales représentées par ces signes religieux qui sont contraires à mes convictions (...) 14. Il m'apparaît évident que l'instruction de mes enfants dans un tel contexte porterait inévitablement atteinte à mon droit fondamental d'assurer leur éducation morale conformément à mes convictions, dans le respect de leurs droits et de leurs intérêts. »
« 11. Je suis moi-même enseignant au niveau CEGEP et je sais par expérience personnelle qu'un enseignant sert de modèle à ses élèves même à ce niveau, et je ne souhaite pas que ma fille soit témoin à l'école secondaire du port de signes religieux par des membres du personnel enseignant susceptibles de lui transmettre des valeurs religieuses contraires à celle de ma famille. »

Le droit à la liberté de conscience des enfants et des parents doit être une limite à la liberté religieuse des enseignantes et enseignants. Comme le dit la Commission des droits de la personne et des droits de la jeunesse, sous la plume de Paul Eid :

« La liberté religieuse garantie par les chartes canadienne et québécoise est très large, mais elle n'est certes pas sans bornes. Il arrive que son exercice doive être restreint lorsque l'ordre public ou les droits et les libertés d'autrui sont menacés. Dans la mesure où les principes de l'égalité des sexes et de l'intérêt supérieur de l'enfant constituent des pièces maîtresses du système de valeurs fondamentales et du cadre juridique de la société québécoise, l'État est tenu de prendre toutes les mesures nécessaires pour veiller au respect des droits découlant de ces principes[118]. »

Cela semble correspondre à la déclaration du juge Lebel dans *R. c. N.S.*, lorsqu'il déclare que :

« La volonté de maintenir un système de justice indépendant et transparent, qui prend en compte les intérêts et la dignité de tous, reste un élément clé des traditions sur lesquelles repose notre société démocratique. La neutralité religieuse de l'État et de ses institutions, y compris des tribunaux et du système de justice, assure la vie et la croissance d'un espace public ouvert à tous, peu importe les croyances, le scepticisme ou l'incrédulité de chacun. Les religions sont des voix parmi d'autres qui s'expriment dans l'espace public, qu'occupent également les tribunaux[119]. »

---

[118] Paul Eid et Karina Montmigny pour la Commission des droits de la personne et des droits de la jeunesse; L'intervention d'instances religieuses en matière de droit familial; Cat. 2.113-2.9; 2006; p. 53.

[119] Lebel dans *R. c. N.S.*, 2012 CSC 72, par. 73.

Le juge Lebel faisait cette affirmation dans une cause où une femme voulait témoigner en burqa. La pertinence de son propos s'applique encore plus, selon nous, lorsqu'il s'agit d'un ou d'une employée de l'État qui veut professer sa religion durant ses heures de travail à titre de représentant de l'État. L'État doit s'assurer que son devoir de neutralité religieuse est, à tout le moins, incarné par les personnes visées par la loi 21. En acceptant de travailler dans les postes visés, ces personnes acceptent de personnifier la neutralité religieuse de l'État et ainsi, comme le dit le juge Lebel (*R. c. N.S.*), « assure un espace public ouvert à tous, peu importe les croyances... ».

Comme l'a démontré le Mouvement laïque québécois dans son argumentaire, en travaillant pour l'État, les personnes visées acceptent d'incarner le devoir de neutralité religieuse imposé à l'État par le principe même de la liberté de religion.

Nous soumettons que la loi 21, particulièrement ses articles 6 et 8, vise les mêmes objectifs et applications des principes « d'indépendance, de transparence » qui tiennent compte « des intérêts et de la dignité de tous », valeurs d'une société libre et démocratique basée sur la règle de droit, comme l'a rappelé le juge Lebel.

Ces valeurs et principes sont tout aussi importants pour la branche exécutive de l'État, qu'ils ne le sont pour le pouvoir judiciaire que pour le pouvoir législatif. Et comme la Cour suprême du Canada l'a déjà dit, la fonction publique constitue le bras agissant du pouvoir exécutif[120].

---

[120] Cour Suprême du Canada, Le *Procureur général de l'Ontario c. SEFPO*

Nous croyons qu'au même titre qu'il est essentiel de maintenir un système de justice indépendant et transparent, où la communication est favorisée, il est aussi fondamental que la branche exécutive de l'État jouisse de la même indépendance, transparence et neutralité religieuse. C'est la raison pour laquelle le port du niqab ne peut y être autorisé.

D'autre part, travailler pour l'État n'est pas un droit, mais en quelque sorte un privilège. Un peu comme pour un permis de conduire, les croyants doivent subir certains inconvénients pour l'obtenir afin de respecter une règle qui profite à toute la collectivité, a affirmé la Cour suprême[121].

Quand une personne travaille pour l'État, elle doit renoncer à certains droits, tels que la liberté d'expression ou le droit à la vie privée, si elle est élue. Les personnes qui travaillent pour l'État choisissent ce milieu de travail et doivent souscrire à un devoir de réserve afin de préserver la justice, l'impartialité et la neutralité de l'État[122]. Nous croyons que ces exigences renforcent la mission de la fonction publique québécoise d'être au-dessus de toute influence et autorité afin d'appliquer les politiques publiques adoptées par l'État.

(1987), 2 RCS 2; la Cour cite le juge Dickson « La fonction publique fédérale au Canada fait partie de l'exécutif du gouvernement », par. 94 et même chose pour la fonction publique ontarienne, par. 95.

[121] Cour suprême du Canada, *Alberta c. Hutterian Brethren of Wilson Colony* 2009 CSC 37 2 RCS 567.

[122] Publications Québec, Légis Québec, *Loi sur la fonction publique* du Québec, LRQ c, F3.1.1, L'éthique dans la fonction publique québécoise, http://legisquebec.gouv.qc.ca/fr/showDoc/cs/F-3.1.1?&digest= (page consultée le 6 octobre 2020).

En effet, dans *Procureur général de l'Ontario c. SEFPO*, la Cour suprême du Canada a confirmé que le fait de devenir membre du personnel de l'État entraîne des devoirs et responsabilités d'impartialité. Si jamais la Cour reconnaissait aux personnes visées par la loi 21, le droit à la liberté de religion, contrairement à la décision de la Cour suprême dans *MLQ c. Saguenay*, ce droit peut être restreint comme démontré plus haut.

La Cour suprême s'est souvent prononcée sur le caractère non absolu de la liberté de religion. Particulièrement, lorsque la liberté de religion vient en conflit avec les droits et libertés des autres[123].

Ajoutons l'affirmation de la juge L'Heureux Dubé au nom de la majorité dans *P. (D) c. S. (C.)* :

« Comme la Cour l'a réitéré à maintes occasions, la liberté de religion, comme toute liberté, n'est pas absolue. Elle est limitée de façon inhérente par les droits et libertés des autres. Alors que les parents sont libres de choisir et de pratiquer la religion de leur choix, ces activités peuvent et doivent être restreintes lorsqu'elles contreviennent au

---

[123] Cour Suprême du Canada, dans *Congrégation des témoins de Jéhovah de St-Jérôme-Lafontaine c. Lafontaine (Village)*; 2004 CSC 48; [2004] 2 RCS 650, le juge Lebel précise; « L'examen des différentes composantes du concept de la liberté de religion pourrait laisser croire que les droits protégés par l'al. 2a) de la Charte sont absolus, mais tel n'est pas le cas. En effet, cette liberté est limitée par les droits et libertés des autres. La diversité des opinions et des convictions exige la tolérance mutuelle et le respect d'autrui. La liberté de religion est aussi sujette aux limites nécessaires afin de préserver la sécurité, l'ordre, la santé ou les mœurs publics... » (Big M, précité, p. 337; *Ross c. Conseil scolaire du district nº 15 du Nouveau-Brunswick*, [1996] 1 R.C.S. 825, par. 72; *Université Trinity Western c. British Columbia College of Teachers*, [2001] 1 R.C.S. 772, 2001 CSC 31, par. 29); par. 69.

meilleur intérêt de l'enfant, sans pour autant violer la liberté de religion des parents[124]. »

Dans le cas qui est devant nous, est-ce que l'absence de neutralité des représentantes et représentants de l'État peut justifier une discrimination comme cela a été invoqué dans *MLQ c. Saguenay*? Est-ce que le droit à l'égalité des enfants de l'école publique doit être soumis à la liberté de religion des enseignantes et des enseignants? Est-ce que le droit à l'égalité des parents de ces élèves doit être moins important que la liberté d'agir selon la religion dans des institutions laïques?

Où s'arrête la liberté de religion d'un enseignant par exemple? Si pour des raisons religieuses, l'enseignant refuse d'avoir des filles pubères dans sa classe, va-t-on lui accorder cet accommodement?

Lorsqu'un père ne voudra pas que son fils reçoive un enseignement par une femme, va-t-on le lui accorder? Lorsqu'un enfant trans ou ouvertement homosexuel sera exclu à cause des croyances d'une enseignante ou d'un enseignant, va-t-on favoriser la liberté de religion de l'enseignant sur le droit de cet enfant d'être traité également? Est-ce que le droit à l'égalité des sexes peut être subordonné aux actes discriminants qui découlent d'une croyance religieuse?

2.7 La *Loi sur la laïcité de l'État* et l'égalité entre les femmes et les hommes

Comme nous l'avons expliqué précédemment, les principes religieux sont basés sur une organisation

---

[124] *P. (D) c. S. (C.)* la juge L'Heureux Dubé; p. 182.

patriarcale qui installe une hiérarchie humaine en déclarant que les hommes sont supérieurs aux femmes.

Il est reconnu que la laïcité de l'État est un rempart contre l'atteinte aux droits des femmes, comme en témoignait le rapport de la Commission de réflexion sur l'application du principe de laïcité dans la République (rapport Stasi) remis au président français :

> « Aujourd'hui, la laïcité ne peut être conçue sans lien direct avec le principe d'égalité entre les sexes. C'est avec cette préoccupation de préservation et d'amélioration des droits des femmes que nous allons montrer que l'affirmation de la laïcité de l'État québécois en tant que principe structurant est nécessaire, autant que l'adoption de mesures qui devraient l'accompagner[125]. »

Rappelons aussi les propos de l'ancien président des États-Unis Jimmy Carter qui soulignait que « les religions sont l'une des principales causes des atteintes aux droits des femmes[126] ».

Donc, pas plus que les droits d'autrui ne doivent être subordonnés à la liberté de religion, le droit des femmes à l'égalité ne peut pas être évincé par la liberté religieuse des personnes visées. Et cela sera l'effet de la loi 21.

---
[125] Conseil du statut de la femme; *supra* note 3; p.11-12.

[126] Women's Ordination Worldwide, Jimmy Carter: Losing my religion for equality, [En ligne] http://womensordinationcampaign.org/blog/working-for-womens-equality-and-ordination-in-the-catholic-church/2020/3/4/jimmy-carter-losing-my-religion-for-equality

La loi 21 est conforme au droit canadien et québécois. Elle renforce le droit à la liberté de religion, en précisant les obligations de neutralité religieuses de l'État, le droit de croire et le droit de ne pas croire.

La loi 21 correspond à la lettre et à l'esprit des clauses d'égalité des sexes 15, 28 et 35(4) introduites dans la Charte canadienne en 1982 ainsi qu'à l'esprit et à la lettre du préambule et de l'article 50.1 de la Charte québécoise adoptés en 2008. Ces articles ont été sanctionnés afin de lutter contre les stéréotypes sexuels et sexistes dérivant des religions basées sur l'organisation patriarcale de la société et faisant des femmes des êtres au service du père, du mari, du frère ou du fils.

Nous affirmons que les clauses d'égalité des sexes de nos chartes ne peuvent pas être utilisées pour confessionnaliser de nouveau les institutions publiques ou pour reconnaître les religions comme source de droit et de principes du vivre ensemble. Le droit des femmes à l'égalité ne peut plus être mis de côté au nom de la liberté de religion dans les institutions publiques.

Nous estimons qu'avec la loi 21, la directive de la Société d'assurance automobile entérinée par la Commission des droits de la personne et des droits de la jeunesse, à l'effet qu'un usager peut demander d'être servi par un homme au lieu d'une femme, serait invalidée. Trop longtemps, l'égalité des sexes a été bradée pour les autres droits. Ainsi, comme l'a déjà écrit le professeur José Woehrling, le droit des femmes à l'égalité est celui qui risque le plus d'être atteint par le droit à la liberté religieuse :

« En effet, de nombreuses religions contiennent des principes concernant par exemple la vie familiale, les successions, le statut des personnes ou le code vestimentaire qui sont incompatibles avec l'égalité des sexes dans la mesure où ils confinent la femme à un statut subordonné[127]. »

La Commission des droits de la personne et de la jeunesse, sous la plume du sociologue Paul Eid, s'est déjà prononcée contre les accommodements religieux qui bafouent le droit des femmes à l'égalité :

« Toute mesure d'accommodement revendiquée au nom de la religion ou de l'origine ethnique ou nationale devrait être jugée irrecevable si elle a pour effet de transgresser l'ordre public ou de restreindre indûment les droits fondamentaux de certains individus, dont le droit à l'égalité des sexes[128]. »

La loi 21 fait aussi écho à la décision de la Cour suprême du Canada, dans *Bruker c. Marcovitz,* lorsqu'elle conclut que l'égalité entre les femmes doit être reconnue et ne peut être compromise au nom de la liberté religieuse :

« L'intérêt que porte le public à la protection des droits à l'égalité et de la dignité des

---

[127] José Woehrling; « L'obligation d'accommodement raisonnable et l'adaptation de la société à la diversité religieuse »; (1998) 43 *Revue de droit de McGill* 325; p. 353.

[128] Paul Eid et Karina Montmigny; *supra* note 116; p. 20.

femmes juives dans l'exercice indépendant de leur capacité de divorcer et se remarier conformément à leurs croyances, tout comme l'avantage pour le public d'assurer le respect des obligations contractuelles valides et exécutoires, comptent parmi les intérêts et les valeurs qui l'emportent sur la prétention de M. Marcovitz selon laquelle l'exécution de l'engagement pris au paragraphe 12 de l'entente pourrait restreindre sa liberté de religion[129]. »

En affirmant que l'égalité des sexes est une valeur à protéger, la Cour a reconnu que l'effet du principe religieux invoqué par l'ex-mari de Mme Markovich est un des éléments d'une religion bâtie sur l'infériorisation des femmes qui n'a pas sa place dans une démocratie.

Dans son avis de 2011, intitulé *Affirmer la laïcité, un pas de plus vers l'égalité entre les femmes et les hommes*, le Conseil du statut de la femme fait la démonstration claire que les religions sont discriminatoires et qu'elles visent le contrôle des femmes et de leur corps par les hommes, ces êtres supérieurs créés à l'image de Dieu. Les signes religieux sont le témoin de cette discrimination, le niqab étant un signe grave d'avilissement des femmes. Le Conseil du statut de la femme précise :

> « Le contrôle de la femme transparaît aussi dans l'imposition du voile. Le christianisme est la première des trois religions mono-

---

[129] *Bruker c. Marcovitz*, [2007] 3 R.C.S. 607, 2007 CSC 54; par. 93, voir aussi par. 16.

théistes à l'imposer pour des motifs religieux. Dans sa lettre aux Corinthiens, Paul soutient qu'il n'est pas convenable qu'une femme prie Dieu sans être voilée, et qu'il s'agit là d'une marque de sa dépendance à l'homme, pour qui elle a été conçue. À l'opposé, l'homme ne doit pas se voiler la tête, car il a été créé à l'image de Dieu[130]. »

Yolande Geadah, chercheuse féministe et experte de PDF Québec dans cette instance qui a étudié l'effet des normes religieuses musulmanes sur les femmes depuis les années 1990, nous dit qu'avant toute chose le voile est de nature patriarcale :

« Mentionnons simplement que plusieurs penseurs musulmans, par exemple Mohamed Talbi, historien et islamologue tunisien très respecté, affirment que le voile n'est pas musulman, mais patriarcal. Historiquement, le voile des femmes n'avait rien de religieux. Il s'agit d'une coutume qui précède l'apparition de l'islam au VIIe siècle, comme en témoignent les peintures de scènes bibliques montrant des femmes portant un voile sur la tête[131]. »

L'interdiction de signe religieux pour certains fonctionnaires est une conséquence de la laïcité de

---

[130] Conseil du statut de la femme; *supra* note 3; p. 26.
[131] Yolande Geadah; Rapport d'experte (voir à l'annexe 2); paragraphes 20-21.

l'État et une exigence du droit à la liberté de religion. Cette interdiction est cohérente au même titre que les devoirs de réserve imposés quand on accepte de travailler pour le gouvernement, mais aussi particulièrement pour le respect du droit des femmes à l'égalité.

PDF Québec fait siens les arguments et conclusions de l'avis du Conseil du statut de la femme de 2011, et particulièrement le passage suivant :

> **Les signes et les symboles religieux transmettent un message**
> (...)
> Conséquemment, on peut affirmer que tout signe, toute marque, tout symbole véhicule un message et constitue une activité expressive et une forme de prosélytisme. Nier ce fait revient à nier l'influence de la publicité, par exemple, sur le comportement humain. Dans l'affaire Grant, où l'on contestait la décision prise par la GRC en 1989 de modifier ses règles internes afin d'autoriser les sikhs qui le souhaitaient à porter le turban au lieu du traditionnel couvre-chef, la Cour a fait état du témoignage du professeur Gualtieri, qui enseigne la philosophie et la religion, quant à la nature et à la fonction des symboles religieux :
>
>> « Les symboles sont des codes qui permettent la transmission de messages. La chose est aisée à comprendre si l'on pense au feu rouge ou au panneau routier picto-

graphique qui ne comportent aucun texte, mais transmettent un message seulement par leur forme ou leur couleur. Les symboles religieux sont aussi des codes qui permettent la transmission de messages. Ils sont porteurs de messages liés aux systèmes de valeurs et à la conception du monde (Weltanschauung) des adeptes d'une religion donnée. **Un symbole religieux peut être décodé d'une manière différente par une personne qui adhère à la religion en question et par une personne qui n'y adhère pas.** Pour le Sikh du Khalsa, le port du turban témoigne publiquement de son adhésion au sikhisme ainsi qu'aux valeurs et aux objectifs de cette religion. C'est un signe de dévotion et de ferveur[132]. » [Nous soulignons.]

Ce passage illustre combien le hijab et le niqab sont des signes religieux qui émanent d'une religion monothéiste reconnue comme infériorisant les femmes au profit des hommes (voir précédemment). Ces signes, comme tous les signes religieux, sont partie intégrante de la logique patriarcale des religions et donc témoins de l'infériorisation des femmes, des stéréotypes et des rôles sexistes dévolus aux femmes et aux hommes.

D'ailleurs, certains témoins des parties demanderesses avouent candidement que leur signe est une façon de faire du prosélytisme religieux et de passer d'autres messages tout aussi militants

---

[132] Conseil du statut de la femme; *supra* note 3; p. 98-99.

durant leurs heures de travail. Voici des extraits de leurs déclarations sous serment :

> « 15. Il s'agit aussi d'une manière de lutter contre les stéréotypes envers les femmes voilées. J'espère qu'en étant une personne souriante, ouverte, participant activement dans les projets qui me tiennent à cœur ainsi que dans la société québécoise de manière plus large, je serai capable d'envoyer le message que les femmes portant le hijab ne sont pas nécessairement opprimées et qu'elles peuvent s'épanouir au Québec. »
>
> « 8. (...) In addition to being a visible expression of my faith, wearing religious symbols publicly and identifying as a Muslim in public is, for me, a part I can play in countering negative stereotypes against Muslims in Québec society. »

Ainsi, le port du voile a pour objet chez les chrétiens et chez les musulmans de rappeler à la femme son devoir de soumission et son devoir de préserver sa moralité. Comme l'explique très bien l'auteure Caroline Beauchamp :

> « Également, le récit du péché originel est la source de la femme dangereuse et tentatrice. (...) En les identifiant à Ève, l'Église fait peser sur toutes les femmes le poids du péché originel et les soumet à leur mari. (...) Au fil des siècles donc, l'interprétation de ce récit a nourri une réelle suspicion à l'égard des femmes, de leur sexualité et même de la

sexualité en général. De péché d'orgueil, la faute imputée à Ève est devenue une faute de sensualité, la femme s'avérant l'instrument du diable[133]. »

La soumission à leur mari est une des demandes des religions encore à ce jour, comme le souligne pour sa communauté baptiste l'ancien président Jimmy Carter[134]. Le devoir de soumission de la femme catholique à son mari était codifié dans le droit civil québécois basé sur des préceptes du Code de Napoléon lui-même inspiré par le droit canon. Ce droit aura été marqué par l'infériorisation et la tutelle des femmes mariées qui devaient se soumettre à leur mari, qui lui seul, avait la puissance paternelle, une personnalité juridique propre, le droit de garde des enfants, le droit de contracter des dettes pour le ménage, la femme devait porter son nom, etc. La soumission de l'épouse était complète.

Aussi, comme l'exprime la témoin experte Yolande Geadah, cette soumission est aussi dans la religion musulmane et instrumentalisée par l'islam politique :

« Ainsi, le voile sacralisé ou normalisé, comme symbole de pudeur féminine, devient un élément distinctif permettant la discrimi-

---

[133] Caroline Beauchamp; *op. cit;* p. 58.

[134] Conseil du statut de la femme; *supra* note 71, Jimmy Carter: « At its most repugnant, the belief that women must be subjugated to the wishes of men excuses slavery, violence, forced prostitution, genital mutilation and national laws that omit rape as a crime. But it also costs many millions of girls and women control over their own bodies and lives, and continues to deny them fair access to education, health, employment and influence within their own communities. »

nation entre les femmes vertueuses, dignes de respect, des autres[135] ».

Certains témoins assermentés dans la présente expriment leur désir de porter le hijab pour témoigner de leur pudeur et de leur humilité ou de leur bonne moralité :

> « 7. Le hijab est aussi un symbole de pudeur pour moi. (...) »
> « 9. Il s'agit également d'une manière de vivre conformément à ma conception de la pudeur et (...) »
> « 19. Arborer le voile me sécurise, me donne confiance en moi et me permet d'honorer ma pudeur. »
> « 7. (...) For me, wearing the niqab is a sign of modesty (...) »

Il serait tout à fait illogique de reconnaître et de valider la discrimination systémique faite aux femmes par ces stéréotypes religieux alors que le droit des femmes à l'égalité est justement édicté pour les protéger contre ces stéréotypes patriarcaux qui définissent une place inférieure des femmes dans nos sociétés.

Lorsque l'État accepte le port des signes religieux, il s'associe aux religions et il semble favoriser une croyance plutôt qu'une autre ou même une absence de croyance. Ce faisant, l'État peut créer une pression chez les enfants, les autres femmes et les hommes se trouvant dans le même espace pour

---

[135] Yolande Geadah; Rapport d'experte (voir à l'annexe 2); par. 34.

adopter la croyance véhiculée. Cette pression se fait particulièrement sentir par le port des signes qui discriminent les femmes en visant leur soumission, le devoir de morale ou de pudeur. Cela crée deux catégories de femmes : les pudiques qui portent le voile et les autres, impudiques, musulmanes ou non. L'État ne peut favoriser une religion au détriment d'une autre, comme l'a répété la Cour suprême dans la décision de *MLQ c. Saguenay* :

« Le parrainage par l'État d'une tradition religieuse, en violation de son devoir de neutralité, constitue de la discrimination à l'endroit de toutes les autres (*S.L. c. Commission scolaire des Chênes* 2012 CSC 7, [2012] 1 R.C.S. 235, par.17). Si l'État favorise une religion au détriment des autres, il crée en effet une inégalité destructrice de la liberté de religion dans la société (*R. c. Big M Drug Mart Ltd* 1985 CanLII 69 (CSC), [1985] 1 R.C.S. 295, p. 337)[136].»

Comme l'explique Yolande Geadah dans son témoignage d'experte :

« Dans mes écrits, j'ai analysé les discours religieux dominants en faveur du voile dit islamique. Ces discours misent sur un double argument. Le premier consiste à sacraliser le voile, présenté comme une obligation reli-

---

[136] *MLQ c. Saguenay; op. cit.;* par. 64; Voir *S.L. c. Commission scolaire des Chênes* 2012 CSC 7, [2012] 1 R.C.S. 235 et *R. c. Big M Drug Mart Ltd.*, 1985 CanLII 69 (CSC), [1985] 1 R.C.S. 295.

gieuse absolue, selon une interprétation souvent contestée de certains versets du Coran.
 Le second consiste à imposer le voile moralement, comme symbole de la pudeur féminine. L'obligation morale du voile est justifiée par des principes de pudeur (hichma) et la nécessité de cacher le corps féminin, considéré source de tentation et de souillure (aoura), qu'il faut soustraire à la vue des hommes pour ne pas attiser leur concupiscence, qui peut mener au désordre et au chaos social (fitna)[137]. »

Cette obligation de pudeur a été revendiquée par l'imam Charkaoui de Montréal :

« Chère sœur,
Ton hijab est ta pudeur.
Ton hijab est ta fierté.
Ton hijab est ton jihad au quotidien.
 Allah te l'a imposé... Même si la terre entière s'y oppose, satisfait le Créateur et ignore les créatures.
 Adil Charkaoui[138]. »

Cette déclaration de l'imam Charkaoui est un exemple de prêche que l'on entend à Montréal et qui témoigne de la fonction politique du voile et de la propagande afin de mettre les lois religieuses au-dessus des lois civiles ici même au Québec. Cette norme religieuse, au-dessus des règles et des lois civiles, est clairement inacceptable.

---

[137] Yolande Geadah; Rapport d'experte (voir à l'annexe 2); par. 31-32.
[138] Adil Charkaoui, Tweet du 19 mars 2017.

Contrairement à l'opinion exprimée par les demanderesses, plusieurs femmes musulmanes, dont les enfants fréquentent l'école publique laïque, ne veulent pas que leurs enfants reçoivent l'enseignement par des enseignantes qui portent ces signes religieux sexistes et qui infériorisent les femmes. Voici des extraits de déclarations sous serment de parents soumises à la Cour (voir annexe 1) :

« 2. Je suis de culture musulmane, originaire d'Algérie, et élevons nos enfants dans le respect de l'égalité entre les femmes et les hommes; nous nous opposons donc au port du voile islamique, signe d'infériorisation des femmes. »

« 7. (...) Le jugement exercé sur ma fille parce qu'elle n'adhère pas aux pratiques religieuses (ce qu'elle devrait faire à leurs yeux, compte tenu de son nom à consonance arabe et étant d'origine tunisienne) la fait remettre en question sa propre spiritualité. Ce jugement ne favorise pas le développement de son plein potentiel, ne respecte pas sa liberté de choix et porte préjudice à ce que nous venions chercher au Québec soit l'égalité de faits entre les femmes et les hommes. »

« 10. Je suis la mère de deux filles et je tiens absolument à ce qu'elles apprennent que les femmes sont égales aux hommes et qu'elles n'ont pas à couvrir leurs cheveux pour être modeste et, par conséquent, qu'elles ne reçoivent pas de signes contraires de la part de leur enseignante. »

« 12. La volonté de la demanderesse de porter son signe religieux par modestie pour enseigner dans une école publique est une atteinte à la dignité des femmes et des hommes et au principe de l'égalité des sexes. »

« 13. Je ne veux pas que soit transmise à mes enfants l'image de la femme qui serait un objet de convoitise pour l'homme, à qui incomberait le devoir de cacher son corps (...). »

« 9. De concert avec ma conjointe dans l'exercice de notre autorité parentale et dans le respect de nos convictions morales profondes, je refuse que nos enfants soient exposés à la transmission de valeurs contraires au principe de l'égalité entre les hommes et les femmes. »

En plus de mener à une discrimination des femmes entre elles, le message de pudeur et de modestie véhiculé peut porter atteinte à l'égalité des hommes en présumant que les hommes sont des prédateurs potentiels et qu'il faut s'en prémunir, comme en font foi ces extraits de déclarations sous serment (voir annexe 1) :

« 22. De plus, le fait pour une enseignante de croire qu'elle doit se voiler les cheveux pour protéger sa pudeur en me rencontrant lors des réunions de parents à l'école est une atteinte à ma dignité d'homme, comme si j'étais un prédateur potentiel au lieu d'une personne qui respecte la dignité d'une femme. »

« 14. Je ne veux pas non plus que mes enfants soient amenés à intégrer l'idée choquante qu'un homme serait un être faible qui aurait les instincts d'un prédateur sexuel et dont il faudrait se protéger. »

« 14. Je constate que la volonté de la demanderesse de porter son signe religieux par modestie pour enseigner dans une école publique est une atteinte à la dignité des hommes qui s'y trouvent (...). »

Quant au niqab, il s'agit d'une pratique religieuse qui nous ramène aux rôles stéréotypés des femmes et des hommes ponctués par la supériorité des hommes sur les femmes et l'impureté des femmes. Ainsi, pour le seul motif qu'elles sont des femmes, elles représentent un danger pour la vertu masculine, elles doivent se couvrir des pieds à la tête. Cette pratique religieuse porte atteinte à l'égalité des femmes en faisant d'elles les seuls êtres humains à devoir se dissimuler entièrement pour apparaître en public et a pour effet de perpétuer des traditions et croyances qui infériorisent les femmes. Il s'agit d'une coutume dégradante qui nie tout le progrès obtenu par les femmes, et le droit d'être reconnues comme ayant les mêmes droits et possibilités que les hommes.

Nous croyons qu'il s'agit d'une atteinte à la dignité humaine, telle que protégée par l'article 4 de la Charte québécoise :

« 4. Toute personne a droit à la sauvegarde de sa dignité, de son honneur et de sa réputation. »

Même si certaines femmes disent porter le niqab par choix, l'État ne peut permettre ce vêtement religieux pour quelque fonctionnaire que ce soit, car il s'agirait de permettre une atteinte à sa dignité humaine. Le fait qu'une femme soit à ce point indigne de se montrer en public est une atteinte à sa dignité humaine et perpétue des stéréotypes sexistes qui évoquent une sensualité dangereuse pour la société, et l'État ne peut cautionner cela.

PDF Québec endosse l'analyse du sociologue Paul Eid qui écrit :

> « Ainsi, au Québec, les tribunaux peuvent non seulement restreindre les libertés individuelles lorsque ces dernières entrent en conflit avec les droits d'autrui, mais ils peuvent aussi, au nom de l'ordre public – du bien commun en quelque sorte –, interdire aux individus de renoncer à leurs propres droits. Un tel principe trouve son inscription juridique dans le Code civil, qui prévoit à l'article 8 : "on ne peut renoncer à l'exercice des droits civils que dans la mesure où le permet l'ordre public". »
>
> (...)
>
> « Il s'ensuit que l'État québécois devrait veiller à ce que les rapports interindividuels et sociaux soient exempts de facto de traitements discriminatoires, et ce, indépendamment de la volonté des individus de se prévaloir de leur droit à l'égalité sans discrimination[139]. »

---

[139] Conseil du statut de la femme; *supra* note 2; p. 99.

En France, en octobre 2008, la Haute autorité de lutte contre les discriminations et pour l'égalité (HALDE) s'est notamment prononcée contre le port de la burqa :

« De plus, la burqa a été considérée comme comportant une signification de soumission de la femme dépassant sa portée religieuse et portant atteinte aux valeurs républicaines présidant à la démarche d'intégration, et notamment le principe d'égalité entre les sexes[140]. »

Nous croyons que, autant pour le niqab, pour le voile ou pour tout autre signe religieux dont l'objet et l'effet sont de perpétuer un désavantage et entretenir des stéréotypes sexistes basés sur une organisation patriarcale, l'État ne peut avaliser ces pratiques même si les femmes disent les porter par choix.

L'État gardien de l'ordre public ne peut pas permettre qu'une femme fonctionnaire de l'État québécois renonce à son droit de ne pas être discriminée, à son droit à l'égalité et à son droit à la sauvegarde de sa dignité humaine en portant un vêtement qui témoigne de sa soumission et d'une religion qui l'infériorise et qui demande qu'elle soit moins digne que les autres femmes et que les hommes.

En effet, tel qu'expliqué par le professeur Christian Brunelle, le droit à l'égalité est d'ordre public. Il est interdit d'y renoncer contractuellement ou autrement, car cela est contraire à l'article 8 du Code civil du Québec :

---

[140] Haute autorité de lutte contre les discriminations et pour l'égalité (HALDE), « Délibération n° 2008-193 du 15 septembre 2008 » in *Rapport annuel 2008*, Paris, La Documentation Française, 2009; p. 58.

> « Partant, l'on ne devrait pas pouvoir renoncer, "par contrat privé" ou autrement, au droit à l'égalité pour la simple et bonne raison que la dignité humaine est inaliénable. De fait, il répugne à l'esprit qu'un travailleur, noir ou handicapé par exemple, puisse valablement renoncer à son droit à des conditions de travail exemptes de discrimination pour obtenir un emploi. C'est tout le régime législatif de protection contre la discrimination qui risquerait de s'écrouler si pareille renonciation était jugée valable[141]. »

Nous croyons aussi que les femmes qui portent ces vêtements renoncent à leur propre dignité humaine et cela est en soi une atteinte à la dignité humaine des femmes en général. Comme le rappelle le professeur Christian Brunelle, la Cour suprême du Canada a interprété de cette manière l'article 4 de la Charte québécoise dans la décision *Curateur public du Québec c. Syndicat national des employés de l'Hôpital St-Ferdinand* :

> « Prenant acte du fait que la dignité constitue, dans le cadre de la Charte québécoise, non seulement "une valeur sous-jacente aux droits et libertés qui y sont garantis", mais aussi "un droit protégé spécifiquement", la Cour suprême du Canada jugeait "que l'art. 4 de la Charte vise les atteintes aux attributs fondamentaux de l'être humain qui contreviennent au respect auquel toute personne a

---

[141] Christian Brunelle; *supra* note 29; p. 91-92.

droit du seul fait qu'elle est un être humain et au respect qu'elle se doit à elle-même[142]". »

Comme le constate notre experte Yolande Geadah :

« Faisant de la surenchère sur la pudeur exigée des femmes, les plus rigoristes préconisent le port du niqab (ou burqa), qui cache tout le corps et le visage, à l'exception des yeux. Le niqab est censé conférer aux femmes qui le portent un degré de moralité supérieur à celles qui se contentent du hijab, établissant ainsi une hiérarchie entre les femmes, basée sur la rigueur morale du voile adopté.

Peu importe sa forme, la justification sociale du voile est fondée sur l'idée que la femme est un objet sexuel et essentiellement une tentatrice, qu'il faut cacher pour ne pas attiser le désir des hommes[143]. »

En terminant, la loi 21 est en tout point conforme au droit international tel qu'évoqué plus haut. En effet, en déclarant que l'État québécois est laïque dans une loi et en exigeant que les institutions publiques soient laïques, il s'assure de remplir son obligation de neutralité religieuse. En interdisant pour les enseignantes et enseignants et autres personnes visées, le port des signes religieux, il contribue à diminuer la présence des signes religieux qui témoignent du système

---

[142] Christian Brunelle; *supra* note 30; p. 27.
[143] Yolande Geadah; Rapport d'experte (voir à l'annexe 2); par. 35-36.

patriarcal qui perpétue l'infériorisation des femmes. Ce modèle de comportements sexistes est la source des inégalités qui perdurent encore dans nos sociétés.

Aussi, comme l'a très bien démontré Mme Yolande Geadah, les revendications de l'islam politique sont aussi derrière la tentative de confessionnalisation des écoles et autres lieux de la démocratie.

La loi 21 est une réponse à l'avertissement du Conseil économique et social de l'ONU qui recommandait ceci :

> « Les États doivent être particulièrement attentifs à ne pas être piégés par les stratégies extrémistes et à mettre la religion à l'abri de toute instrumentalisation politique, y compris par le pouvoir en place, dans la mesure où cette exploitation est particulièrement préjudiciable à la condition de la femme et de la société en général[144]. »

Les statistiques mondiales témoignent du retard des femmes dans tous les domaines. Les femmes sont toujours parmi les plus pauvres de la planète et elles ne peuvent jouir de la même manière que les hommes du progrès de nos sociétés.

Au Canada, pays « développé », 29 % des personnes élues à l'élection fédérale de 2019 étaient des femmes[145]; aux élections municipales de 2017,

---

[144] Conseil du statut de la femme; *supra* note 3; p. 75.

[145] Bibliothèque du Parlement; Les femmes au Parlement du Canada; 23 janvier 2020; https://notesdelacolline.ca/2020/01/23/les-femmes-au-parlement-du-canada/ (page consultée le 3 octobre 2020).

respectivement 18,8 % et 34,5 % des maires et conseillers élus étaient des femmes; et en 2017, seulement 20 % des postes de conseil d'administration et 19,5 % des postes à la haute direction des sociétés inscrites en bourse étaient détenus par des femmes[146]. L'égalité entre les femmes et les hommes n'est pas réalisée et, chaque fois que l'on renonce à sa propre égalité, on renonce à celle des autres.

> « Il faut éviter de confondre défense des *droits des femmes*
> et défense de *toutes les opinions émises par les femmes*.
> Si le droit de choisir est un gain des féministes,
> tous les choix ne sont pas forcément féministes. »
>
> Diane Guilbault[147]

2.8 Conclusion

Donc, c'est à bon droit que la Cour peut rejeter la demande d'invalidité de la *Loi sur la laïcité de l'État*. En somme, le reproche d'invalidité de la *Loi sur la laïcité de l'État* au motif qu'elle porte atteinte à l'égalité des femmes et à la liberté de religion n'est pas fondé en droit.

---

[146] Conseil du statut de la femme (Gouvernement du Québec); Portrait des Québécoises, Édition 2018; Conseil du statut de la femme; p. 32-35; https://csf.gouv.qc.ca/wp-content/uploads/Por_portrait_quebecoises.pdf (page consultée le 4 mai 2021).

[147] Diane Guilbault; *Démocratie et égalité des sexes;* Éditions Sisyphe, collection Contrepoint; 2008; p. 114.

La présente demande est bien fondée en fait et en droit. Pour ces motifs, plaise au Tribunal d'accueillir la demande de l'intervenant PDF Québec de déclarer la *Loi sur la laïcité de l'État* valide.

3. Le plan d'argumentation concernant le rapport de l'experte Mme Yolande Geadah

L'expertise et le rapport de Mme Yolande Geadah sont contestés dès le dépôt du rapport au printemps 2020. Un argumentaire défendant le rapport de l'experte a été développé et déposé à la Cour supérieure le 23 juin 2020. Quelques jours plus tard, soit le 29 juin 2020, le juge Blanchard conclut que « toutes les requêtes déjà présentées ou qui seront présentées, quant au rejet éventuel d'expertises produites ou à être produites au dossier, sont remises pour adjudication lors du procès et ce, de consentement de toutes les parties ».

Le procès commence le 2 novembre 2020. Les représentations de Me Christiane Pelchat, relativement à la contestation de la qualité d'experte de Mme Yolande Geadah, débutent le 18 novembre 2020 et le juge conclut, quelques heures plus tard, que :

> « VU que la qualification à titre d'experte peut découler à la fois d'éléments reliés à des études scientifiques et/ou découler d'une expérience particulière d'une personne pour un sujet en particulier;
>
> VU que les critères énoncés dans l'arrêt Mohan trouvent application en toute circonstance mais qu'ils doivent se moduler en fonction de la nature de l'expertise envisagée;

VU que Mme Geadah travaille sur des questions reliées à l'influence de la culture arabo-musulmane sur la situation des femmes depuis plus de trente ans;

VU qu'à ce titre, la contribution de l'experte pourrait être utile au Tribunal;

VU que la facture du rapport quant à son contenu peut faire l'objet d'un débat ultérieur, le cas échéant, et qu'il ne faut pas confondre l'étape de la qualification avec celle du poids à donner à une expertise éventuelle étant entendu qu'en matière de pertinence tel que nous l'enseignent les tribunaux supérieurs, cet élément, au stade de la recevabilité, comporte un facteur minimal quant à la recevabilité puisque par définition toute preuve minimalement pertinente, possède une certaine utilité pour le débat;

VU les enjeux que les parties ont décidé de placer devant le Tribunal;

POUR CES MOTIFS, LE TRIBUNAL DÉCLARE Yolande Geadah comme experte concernant la situation des femmes dans la culture arabo-musulmane, et l'autorise à témoigner devant ce Tribunal.»

S'ensuit le témoignage et contre-interrogatoire de Mme Geadah, basés sur son rapport. Son contenu est toujours contesté. Le 20 novembre 2020, le « Tribunal prend l'objection sous réserve et permet les questions et le témoignage de Mme Geadah à cet égard, étant entendu que les parties pourront dans le cadre de leur contre-interrogatoire, si elles le jugent à propos, poser des questions qui pourraient à priori s'apparenter plus à une question de qualification qu'autre chose à ce stade de la présentation de la preuve. »

Le 3 décembre 2020, le juge autorise les parties demandant le rejet du rapport de Mme Geadah, à produire dans les dix jours de la fin de l'audition un plan d'argumentation n'excédant pas cinq pages, et PDF Québec disposera du même délai pour y répondre selon les mêmes conditions.

Voici l'argumentaire en défense au rapport de Mme Geadah déposé par PDF Québec le 5 janvier 2021.

Introduction

L'intervenant PDF Québec a mandaté Mme Yolande Geadah, chercheuse indépendante ayant comme champs d'expertise « la situation des femmes dans la culture arabo-islamique et les effets de l'intégrisme religieux sur la discrimination à l'égard des femmes », à l'occasion d'un litige contestant la validité constitutionnelle de la loi 21 par les parties demanderesses.

Le dossier est joint à trois autres dossiers contestant également la validité constitutionnelle de la Loi.

Les demanderesses ont soulevé des questions concernant la portée de l'article 28, portant sur les droits et libertés des personnes des deux sexes, de la *Charte canadienne des droits et libertés* à l'égard de la clause dérogatoire de la Loi.

PDF Québec sera le seul intervenant à plaider que l'on ne peut porter atteinte au droit à l'égalité des femmes d'aucune façon, car le droit protégé dans les

Chartes canadienne et québécoise ne peut être limité au nom de la liberté de religion ou par le multiculturalisme en vertu notamment de l'article 28 de la Charte canadienne et de l'article 50.1 de la Charte québécoise.

Le rapport d'experte de Mme Yolande Geadah est basé sur une analyse sociologique et politique, incluant un bref retour historique, dans une perspective féministe. Son analyse est également basée sur sa connaissance du terrain, ainsi que sur ses recherches et ses écrits. (voir annexe 2)

Les principes généraux applicables à une demande en rejet d'expertise en matière constitutionnelle

En plus des articles 22 et 241 C.p.c. cités par la demanderesse, il est aussi pertinent de mentionner l'article 10 du C.p.c. sur la nécessité pour les parties d'introduire l'instance, et l'article 2843 du Code civil du Québec qui définit ce qu'est un témoignage;

Art. 10. Les tribunaux ne peuvent se saisir d'office; il revient aux parties d'introduire l'instance et d'en déterminer l'objet.
Les tribunaux ne peuvent juger au-delà de ce qui leur est demandé. Ils peuvent, si cela s'impose, corriger les impropriétés dans les conclusions d'un acte de procédure pour donner à celles-ci leur véritable qualification eu égard aux allégations de l'acte.
Ils ne sont pas tenus de se prononcer sur des questions théoriques ou dans les cas où le jugement ne pourrait mettre fin à l'incertitude

ou à la controverse soulevée, mais ils ne peuvent refuser de juger sous prétexte du silence, de l'obscurité ou de l'insuffisance de la loi. 2014, c. 1, a. 10.
Art. 2843. Le témoignage est la déclaration par laquelle une personne relate les faits dont elle a eu personnellement connaissance ou par laquelle un expert donne son avis.

Il doit, pour faire preuve, être contenu dans une déposition faite à l'instance, sauf du consentement des parties ou dans les cas prévus par la loi. 1991, c. 64, a. 2843.

En matière constitutionnelle, comme c'est le cas ici, il est admis que le juge se base sur des expertises qui relèvent de la sociologie, de l'histoire, du contexte socioculturel et qu'il il y a **lieu d'être moins sévère** dans l'admissibilité des faits législatifs. Dans la *Collection de droit* :

« En matière de droit constitutionnel, le tribunal a le droit de se reporter aux types de preuve extrinsèques qui sont pertinents et non douteux en soi, tels les textes connexes, l'historique du texte en litige, soit les circonstances de sa rédaction et de son adoption, et les débats parlementaires. D'ailleurs, dans un litige constitutionnel, les faits législatifs – qui établissent l'objet et l'historique d'une loi, y compris son contexte social, économique et culturel – sont d'une nature plus générale et les conditions de leur recevabilité sont moins sévères[148].

---

[148] Stéphane Reynolds et Monique Dupuis; j.c.q. Collection de droit 2019-

Ces règles en matière constitutionnelle ont été énoncées dans les arrêts de la Cour suprême *MacKay c. Manitoba* et *Danson c. Ontario* :

« **La nécessité essentielle d'établir un fondement factuel dans les affaires relatives à la Charte**
Les affaires relatives à la Charte porteront fréquemment sur des concepts et des principes d'une importance fondamentale pour la société canadienne. Par exemple, les tribunaux seront appelés à examiner des questions relatives à la liberté de religion, à la liberté d'expression et au droit à la vie, à la liberté et à la sécurité de la personne. Les décisions sur ces questions doivent être soigneusement pesées, car elles auront des incidences profondes sur la vie des Canadiens et de tous les résidents du Canada. Compte tenu de l'importance et des répercussions que ces décisions peuvent avoir à l'avenir, les tribunaux sont tout à fait en droit de s'attendre et même d'exiger que l'on prépare et présente soigneusement un fondement factuel dans la plupart des affaires relatives à la Charte. Les faits pertinents présentés peuvent toucher une grande variété de domaines et traiter d'aspects scientifiques, sociaux, économiques et politiques. Il est souvent très utile pour les tribunaux de connaître l'opinion d'experts sur les répercussions futures de la loi contestée et le résultat des décisions possibles la concernant.

2020; Volume 2 – Preuve et procédure; Titre II – La preuve devant le tribunal civil; Chapitre III – La preuve à l'instruction.

Les décisions relatives à la Charte ne doivent pas être rendues dans un vide factuel. Essayer de le faire banaliserait la Charte et produirait inévitablement des opinions mal motivées. La présentation des faits n'est pas, comme l'a dit l'intimé, une simple formalité; au contraire, elle est essentielle à un bon examen des questions relatives à la Charte. Un intimé ne peut pas, en consentant simplement à ce que l'on se passe de contexte factuel, attendre ni exiger d'un tribunal qu'il examine une question comme celle-ci dans un vide factuel. Les décisions relatives à la Charte ne peuvent pas être fondées sur des hypothèses non étayées qui ont été formulées par des avocats enthousiastes[149]. » [Nous soulignons.]

« La nécessité de faits
Notre Cour a toujours veillé soigneusement à ce qu'un contexte factuel adéquat existe avant d'examiner une loi en regard des dispositions de la Charte, surtout lorsque le litige porte sur les effets de la loi contestée. Par exemple, dans l'arrêt *R. c. Edwards Books and Art Ltd.*, 1986 CanLII 12 (CSC), [1986] 2 R.C.S. 713, aux p. 767 et 768, notre Cour a refusé de conclure que la *Loi sur les jours fériés dans le commerce de détail*, L.R.O. 1980, ch. 453, violait les droits des hindous et des

---

[149] *Mackay c. Manitoba*, 1989 CanLII 26 (CSC), [1989] 2 RCS 357, <http://canlii.ca/t/1ft3b>, p. 361-362.

musulmans reconnus à l'al. 2a) de la Charte en l'absence de preuve concernant les détails de leur observance religieuse respective. De même, dans l'arrêt *Rio Hotel Ltd. c. Nouveau-Brunswick (Commission des licences et permis d'alcool)*, 1987 CanLII 72 (CSC), [1987] 2 R.C.S 59, à la p. 83, notre Cour a refusé d'examiner la contestation, fondée sur l'al. 2b) de la Charte, de certaines dispositions de la *Loi sur la réglementation des alcools*, L.R.N.-B. 1973, ch. L-10, en l'absence de preuve relative à la nature de la conduite que l'on prétendait constituer une "expression" au sens de l'al. 2b).

Il est nécessaire d'établir au départ une distinction entre deux catégories de faits dans un litige constitutionnel: [TRADUCTION] "les faits en litige" et les [TRADUCTION] "faits législatifs". Ces expressions proviennent de l'ouvrage de Davis, *Administrative Law Treatise* (1958), vol. 2, par. 15.03, à la p. 353. (Voir également Morgan, *"Proof of Facts in Charter Litigation"*, dans Sharpe, ed., Charter Litigation (1987).) Les faits en litige sont ceux qui concernent les parties au litige: pour reprendre les termes de Davis, [TRADUCTION] "qui a fait quoi, où, quand, comment et dans quelle intention..." **Ces faits sont précis et doivent être établis par des éléments de preuve recevables. Les faits législatifs sont ceux qui établissent l'objet et l'historique de la loi, y compris son contexte social, économique et culturel. Ces faits sont de nature plus générale et les conditions de leur recevabilité**

sont moins sévères : par exemple, voir renvoi : *Loi anti-inflation*, 1976 CanLII 16 (CSC), [1976] 2 R.C.S. 373, le juge en chef Laskin, à la p. 391; renvoi : *Loi de 1979 sur la location résidentielle*, 1981 CanLII 24 (CSC), [1981] 1 R.C.S. 714, le juge Dickson (plus tard juge en chef), à la p. 723; et *renvoi relatif à la Upper Churchill Water Rights Reversion Act*, 1984 CanLII 17 (CSC), [1984] 1 R.C.S 297, le juge McIntyre, à la p. 318[150]. » (Nous soulignons.)

Aussi, il faut que l'expertise soit à sa face même à l'extérieur de la question en litige ou qu'à sa face même l'expertise soit irrégulière pour que celle-ci soit rejetée avant l'instruction.

Le rejet du rapport d'expert sur des questions constitutionnelles a aussi fait l'objet de deux décisions de cette cour en 2018 et qui se basent sur les deux arrêts cités au paragraphe 8.

Une décision sur des faits similaires au présent litige, rendue dans *Centrale des Syndicats démocratiques c. PGQ* sous la plume de l'honorable Lise Bergeron en 2018, s'inspirant des deux arrêts cités en 8, illustre à quel point, surtout dans un litige sur l'impact d'une loi sur les chartes, il est délicat pour un juge de prononcer le rejet du rapport d'un expert au motif qu'il usurpe les fonctions du juge[151].

Mme la juge Bergeron se penchait sur la demande de rejet du rapport d'expert de la partie demanderesse parce qu'on invoquait que l'expert usurpait les

---

[150] *Danson c. Ontario* (Procureur général), 1990 CanLII 93 (CSC), [1990] 2 RCS 1086, p. 1099.

[151] *Centrale des syndicats démocratiques c. Procureure générale du Québec*, 2018 QCCS 3364 CanLII.

fonctions du juge, à l'occasion d'une demande d'invalidation d'une loi pour motifs d'atteintes aux droits protégés par la Charte. L'enseignement de la juge Bergeron est donc tout à fait approprié aux présentes.

Sur l'opinion juridique de l'expert, la juge rappelle que s'il y avait opinion juridique cela serait effectivement usurpation du rôle du juge. Toutefois, elle prend soin de rappeler aux parties que le litige devant elle en est un en matière constitutionnelle puisqu'il s'agit d'une demande d'invalidation d'une loi (comme c'est le cas ici) et que lorsqu'il en est ainsi, « surtout lorsque le litige porte sur les effets de la loi contestée », il y a lieu de tenir compte du contexte socioculturel, de l'histoire de la législation comme l'avait décidé la Cour suprême sous la plume du Juge Cory. Elle reprend la décision de *MacKay* c. *Manitoba*, 1989, CanLII 26 (CSC), telle que citée plus haut.

La juge Bergeron poursuit en citant le juge Sopinka dans *Danson c. Ontario* :

> « **La nécessité de faits**
> Notre Cour a toujours veillé soigneusement à ce qu'un contexte factuel adéquat existe avant d'examiner une loi en regard des dispositions de la Charte, surtout lorsque le litige porte sur les effets de la loi contestée[152]. [...] »

La juge Bergeron attire notre attention sur un passage du juge Sopinka dans *Danson c. Ontario*, 1990 CanLII 93 (CSC) :

---

[152] *Centrale des syndicats démocratiques c. Procureure générale du Québec*, 2018 QCCS 3364 CanLII, au par. 39.

« Il est nécessaire d'établir au départ une distinction entre deux catégories de faits dans un litige constitutionnel : [TRADUCTION] "les faits en litige" et les [TRADUCTION] "faits législatifs". Ces expressions proviennent de l'ouvrage de Davis, *Administrative Law Treatise* (1958), vol. 2, par. 15.03, à la p. 353. (Voir également Morgan, "Proof of Facts in Charter Litigation", dans Sharpe, ed., *Charter Litigation* (1987).) Les faits en litige sont ceux qui concernent les parties au litige: pour reprendre les termes de Davis, [TRADUCTION] "qui a fait quoi, où, quand, comment et dans quelle intention ..." Ces faits sont précis et doivent être établis par des éléments de preuve recevables. **Les faits législatifs sont ceux qui établissent l'objet et l'historique de la loi, y compris son contexte social, économique et culturel. Ces faits sont de nature plus générale et les conditions de leur recevabilité sont moins sévères**[153] : [...] »

La juge poursuit son analyse du rapport d'expert et bien qu'il y ait une section qui pourrait être interprétée comme étant de nature juridique, elle dit qu'il est trop difficile pour un autre juge que le juge au fond de bien faire les analyses pour qualifier le rapport d'expert.

Aussi, elle n'accepte pas la demande de rejet du rapport d'expertise au motif qu'il se **prononce sur le droit « parce qu'il s'agit d'un litige relatif à**

---

[153] *Centrale des syndicats démocratiques c. Procureure générale du Québec*, 2018 QCCS 3364 CanLII, par. 40.

la Charte et que dans cette situation, il y a lieu d'appliquer avec plus de souplesse les règles de recevabilité de la preuve, alors qu'à certains égards, le rapport analyse des faits législatifs[154]. (Nous soulignons.)

Le deuxième jugement récent de la Cour supérieure par le juge Robert Mongeon sur une requête en rejet d'expertise rendu en 2018, dans *FTQ c. PGQ*, nous apparaît aussi utile puisqu'il s'agit également d'un litige qui visait à faire invalider une loi au nom des chartes.

La requérante demandait pareillement le rejet du rapport avant l'instruction, pour irrégularité soutenant que l'expert usurpait le rôle du juge en donnant une opinion juridique. Le juge Mongeon précise d'abord que pour rejeter un rapport d'expertise avant l'instruction, il faut une preuve convaincante pour prouver les motifs du rejet[155].

Il rappelle que le rapport traitant du droit international pouvait certainement être utile au tribunal, mais surtout au juge durant l'instruction[156].

Il ajoute que seul le juge au fond peut vraiment juger de la nécessité du témoignage de l'expert[157].

Il va plus loin en affirmant que :

---

[154] *Centrale des syndicats démocratiques c. Procureure générale du Québec*, 2018 QCCS 3364 CanLII, par. 51.

[155] *Fédération des travailleurs du Québec (FTQ – Construction) c. Procureure générale du Québec.*, 2018 QCCS 4548, par. 14.

[156] *Fédération des travailleurs du Québec (FTQ – Construction) c. Procureure générale du Québec.*, 2018 QCCS 4548, par. 9, 10 et 11.

[157] *Fédération des travailleurs du Québec (FTQ – Construction) c. Procureure générale du Québec.*, 2018 QCCS 4548, par. 15.

« **Plus encore, l'expert peut se prononcer sur une question de droit que le juge aura à trancher**

Son opinion ne peut remplacer celle du juge sur une question de droit mais le fait que l'expert puisse formuler une opinion sur un aspect légal n'aura pas automatiquement pour effet de le disqualifier ou de rejeter l'ensemble de son expertise. Voir Jean-Claude Royer et Catherine Piché : « La preuve civile, 5ᵉ édition, Éditions Yvon Blais, 2016, n° 545[158]. » [Nous soulignons.]

Il conclut que personne ne l'a convaincu d'une irrégularité et qu'il est plus « prudent » de s'en remettre au juge de l'instruction[159].

Partialité

L'article 22 C.p.c. définit la mission de l'expert comme étant celle d'éclairer le tribunal dans sa prise de décision de manière objective, impartiale et rigoureuse. Cette mission doit primer sur l'intérêt des parties.

L'article 24 C.p.c. prévoit qu'une personne qui prête serment s'engage à dire la vérité et à exercer son mandat avec impartialité et compétence.

Rappelons que dans *Du Sablon c. Groupe Ledor;* 2016 CS (même s'il ne s'agit pas d'une décision en matière constitutionnelle, il faut mettre en lumière

---

[158] *Fédération des travailleurs du Québec (FTQ – Construction) c. Procureure générale du Québec.*, 2018 QCCS 4548, au par. 16.

[159] *Fédération des travailleurs du Québec (FTQ – Construction) c. Procureure générale du Québec.*, 2018 QCCS 4548, par. 23, 24.

la décision puisque la demanderesse y fait référence) le juge rappelle que pour écarter un rapport pour partialité il faut prouver que l'expert ne peut ou ne veut pas accomplir sa mission comme demandé à l'article 22 C.p.c. :

> « Cette preuve ne permet pas de conclure que l'expert Gingras ne peut ou ne veut accomplir sa mission qui est celle d'éclairer le Tribunal avec objectivité, impartialité et rigueur[160]. »

Dans la *Collection de droit* 2019-2020 les auteurs déclarent que *Du Sablon c. Groupe Ledor* a établi qu'il faut véritablement démontrer une véritable partialité;

> « Cependant, il ne s'agit pas seulement de soulever une apparence de partialité ou de parti pris, il faut une véritable partialité de l'expert[161]. »

Toujours dans la *Collection de droit* 2019-2020 :

> « Dans l'arrêt *Lavallée,* l'honorable juge Sopinka, dans son opinion (p. 898 et 900), observe, en réaction à celle de l'honorable juge Wilson, qu'il y a lieu de distinguer la preuve qu'un expert obtient et sur laquelle il se fonde dans les limites de sa compétence, et la preuve

---

[160] *Du Sablon c. Groupe Ledor inc.*, 2016 QCCS 5469 (CanLII), par. 23.

[161] Stéphane Reynolds et Monique Dupuis; j.c.q.; *Collection de droit* 2019-2020, Chapitre I - Les qualités et les moyens de preuve; p. 101-102.

qu'il obtient d'une partie au litige et qui concerne une question directement en litige. **Dans le premier cas, l'expert forme une opinion en ayant recours à des méthodes d'enquête et à des pratiques qui constituent, dans son champ d'expertise, des moyens d'arriver à une décision. En n'accordant aucune valeur probante à ce genre de jugement professionnel formé en conformité avec de saines pratiques professionnelles, ou en l'écartant carrément, un tribunal ferait abstraction des fortes garanties circonstancielles de crédibilité que comporte un tel jugement et irait à l'encontre de l'approche adoptée par la Cour suprême pour l'analyse de la preuve par ouï-dire en général.** Dans le second cas, lorsque les données sur lesquelles un expert forme son opinion proviennent d'une partie au litige ou d'une autre source fondamentalement suspecte, le tribunal devrait exiger que ces données soient établies par une preuve indépendante. L'absence d'une telle preuve influera directement sur le poids à donner à l'opinion, peut-être au point de lui enlever toute valeur probante. Quand l'opinion d'un expert est fondée en partie sur des renseignements suspects et en partie soit sur des faits reconnus, soit sur des faits qu'on essaie de prouver, il s'agit uniquement d'une question de valeur probante[162]. » [Nous soulignons.]

---

[162] *Op. cit.*; p. 104-105.

Il est fort à propos de préciser que la notion de rejet d'une expertise pour partialité de l'expert fait aussi l'objet de directives de l'Institut de magistrature du Canada dans le *Manuel scientifique à l'intention des juges canadiens*. D'abord le manuel prend la peine de définir les sciences sociales ainsi : « L'étude de la société et des relations entre les particuliers au sein de la société, par exemple les sciences politiques et la sociologie (*The Oxford Dictionary of English,* 2009[163]). »

Par la suite, dans la section du manuel scientifique sur la gestion de la preuve à la page 179, voilà ce qui est enseigné aux juges canadiens sur la partialité :

> **« Établir la distinction entre la partialité et la défense d'une opinion :**
> **Il y a une différence entre le fait pour un expert de défendre une idée donnée et celui de militer pour une partie**
> Quoique la première situation ne pose pas nécessairement problème, la deuxième est certainement problématique. Dans des domaines où il peut exister des conflits au sein de la discipline de l'expert quant à la méthodologie à suivre (ceci est particulièrement vrai dans les sciences sociales, telles que la sociologie ou l'anthropologie culturelle), l'expression par un expert de sa forte préférence pour une façon donnée de faire les choses ne devrait pas être assimilée à une partialité en faveur d'une partie[164]. » (Nous soulignons.)

---

[163] *Manuel scientifique à l'intention des juges canadiens : cahier d'audience*, https://www.nji-inm.ca/index.cfm/publications/science-manual-for-canadian-judges/?langSwitch=fr p. 134.

[164] *Manuel scientifique à l'intention des juges canadiens : cahier d'audience*, p. 179.

Toujours dans le manuel scientifique, on cite ensuite plusieurs décisions qui précisent qu'un expert peut défendre ses opinions sans être partial :

« Dans l'affaire *Keefer Laundry Ltd. v Pellerin Milnor Corp.*, le juge Smith a affirmé ce qui suit :
[TRADUCTION]
[15] [...] l'énoncé qu'un expert ne devrait pas se faire défenseur d'une cause [...] est parfois mal compris. Il y a une différence entre un expert qui milite pour une partie et un qui défend **son opinion**. Par là, j'entends qu'un avis d'expert devrait se limiter au champ d'expertise de l'expert et à la question dans le contexte de ce champ qui est en jeu. Il devrait être le fruit d'un examen soigneux et objectif de l'ensemble des faits pertinents et des principes scientifiques et il ne devrait pas être fondé sur des considérations qui y sont étrangères.

[16] En bref, le tribunal devrait être en mesure d'aborder l'avis avec un certain degré de confiance que l'expert aurait donné le même avis s'il ou si elle avait été consulté(e) par la partie adverse. Cependant, une fois qu'un expert s'est formé une opinion au cours de ce processus, il ou elle peut se montrer ferme, emphatique, voire même grinçant, dans la façon dont il ou elle exprime l'opinion ou la défend contre des opinions contraires[165].
[Les soulignements proviennent de l'original]. »

---

[165] *Manuel scientifique à l'intention des juges canadiens : cahier d'audience*, Onglet 8, p. 17.

Ouï-dire

Dans la *Collection de droit* 2019-2020, les auteurs décrivent, sous la section de « La prohibition du ouï-dire » :

> « La preuve par ouï-dire consiste en l'introduction au dossier d'une déclaration extrajudiciaire verbale ou écrite d'une tierce personne par un témoin ou une pièce qui la relate, en l'absence de son auteur, pour établir l'existence des faits qu'elle contient. C'est l'écho d'un témoignage extrajudiciaire rapporté par personne interposée. »
>
> « Il est bien établi en droit que la preuve d'une déclaration faite à un témoin par une personne qui n'est pas elle-même assignée comme témoin est une preuve par ouï-dire, qui est irrecevable lorsqu'elle cherche à établir la véracité de la déclaration; toutefois, cette preuve n'est pas du ouï-dire et est donc recevable lorsqu'elle cherche à établir, non pas la véracité de la déclaration, mais simplement que celle-ci a été faite. » (Arrêt *R. c. O'Brien*, 1977 CanLII 168 (CSC), [1978] 1 R.C.S. 591, p. 593.)
>
> « Dans *R c. Evans* : Une déclaration extrajudiciaire qui est admise pour la véracité de son contenu est une preuve par ouï-dire. Une déclaration extrajudiciaire présentée tout simplement pour prouver que la déclaration a été faite n'est pas une preuve par ouï-dire et elle est admissible tant qu'elle a une certaine

valeur probante.» (*R. c. Evans*, 1993 CanLII 86 (CSC), [1993] 3 R.C.S. 653, 661, EYB 1993-66901[166].)

Application aux faits en espèce

Le rapport de l'experte Yolande Geadah ne contient aucune irrégularité et est rédigé conformément aux règles de l'art.

L'experte retenue par PDF Québec n'est pas une activiste, mais une chercheuse en sciences sociales qui s'appuie sur un cadre d'analyse sociologique politique et féministe.

Elle possède une maîtrise en relations industrielles et une scolarité de doctorat en sciences politiques. Elle est membre de l'Institut de recherche féministe (IREF) de l'Université du Québec à Montréal.

Elle est spécialisée dans la recherche et l'analyse des religions sur les femmes et cela depuis plus de trente ans. L'expertise de Mme Yolande Geadah est basée tant sur son vécu dans son pays d'origine (l'Égypte), qui a connu les affres du fondamentalisme religieux, que sur son expérience professionnelle dans le milieu de la coopération internationale, que dans son travail au Québec comme chercheuse à l'IREF.

Ses recherches et analyses dont l'opinion dont il est question ici relèvent de la sociologie et des sciences politiques donc des sciences sociales.

Rappelons que le manuel de l'Institut canadien de la magistrature adopte la définition de la sociologie « L'étude de la société et des relations entre

---

[166] Stéphane Reynolds et Monique Dupuis; *supra* note 159; p. 70.

les particuliers au sein de la société, par exemple les sciences politiques et la sociologie (*The Oxford Dictionary of English*, 2009[167]). »

Dans le *Manuel de recherche en sciences sociales*, les auteurs expliquent que les recherches en sciences sociales, dont la sociologie, permettent :

> « À mieux comprendre les significations d'un événement ou d'une conduite, à faire intelligemment le point d'une situation, à saisir plus finement les logiques de fonctionnement d'une organisation, réfléchir avec justesse aux implications d'une décision politique, ou encore à comprendre plus nettement comment telles personnes perçoivent un problème et à mettre en lumière quelques-uns des fondements de leur représentation[168]. »

L'experte possède une compétence indéniable, pertinente et nécessaire concernant les questions liées à l'intégrisme religieux, à l'égalité des sexes, au contexte et l'histoire de la laïcité et de l'importance de préserver l'école du prosélytisme religieux intimement lié au voile (ou hijab), faits qui se trouvent à l'origine de la contestation de la loi sur la laïcité.

Son travail de recherche, ses nombreux écrits lui ont permis de développer une expertise sur l'atteinte de l'objectif d'égalité des sexes au Québec et au sein des projets de développement dans divers pays. Elle a aussi développé une expertise sur les

---

[167] *Manuel scientifique à l'intention des juges canadiens : cahier d'audience*, p. 134.

[168] Luc Van Campenhoudt et Jacques Marquet Raymond Quivy; *Manuel de recherche en sciences sociale*; DUNOD, 5ᵉ édition; 2017; p. 21-22.

stratégies des fondamentalistes religieux et identifié des moyens visant à surmonter les obstacles qui s'opposent au principe de l'égalité.

Un de ses ouvrages les plus éclairants est sans aucun doute son livre publié en 1996, **Femmes voilées, intégrismes démasqués**, (VLB, 2001); il a connu un tel succès qu'il a été réédité en 2011. (Nous soulignons.)
Autrice de plusieurs recherches qui sont devenues des avis du Conseil du statut de la femme du Québec afin que le gouvernement prenne actions spécifiques notamment sur la polygamie (2010), la prostitution (2012) et les « crimes d'honneurs » (2013).

L'avis du Conseil du statut de la femme du Québec intitulé *La polygamie au regard du droit des femmes*, dont la recherche et la rédaction ont été effectuées par Yolande Geadah et Caroline Beauchamp, avait pour mandat d'éclairer l'État québécois afin qu'il prenne la mesure de l'impact négatif de la polygamie sur le bien-être des femmes et des enfants de ces familles. Mme Geadah a identifié, comme ici pour le voile, le mode d'organisation des sociétés patriarcales comme source de la pratique de la polygamie et non les religions monothéistes et l'effet de cette organisation sociétale sur les femmes et les enfants.

« Avis — *La polygamie au regard du droit des femmes*
Recherche visant à analyser les enjeux de la légalisation de la polygamie au Canada, afin d'éclairer la prise de position sur cette question aux répercussions multiples. Résumé de la recherche visant à analyser les enjeux de

la légalisation de la polygamie au Canada, afin d'éclairer la prise de position sur cette question aux répercussions multiples[169]. »

Cet avis a même été traduit :

« ...pour le compte de la Cour suprême de la Colombie-Britannique dans le cadre d'une cause jugée en 2011 pour déterminer si l'interdiction de la polygamie par le gouvernement de cette province est cohérente avec les libertés garanties par la *Charte canadienne des droits et libertés*[170]. »

Or ces enjeux de l'égalité entre les femmes et les hommes au sens sociologique et politique et la liberté de religion sont justement au cœur de la question qui nous occupe. D'origine égyptienne, elle s'intéresse depuis longtemps aux conséquences de la montée de l'intégrisme religieux sur les droits des femmes et sur le vivre ensemble. Elle travaille autant à l'étranger qu'au Canada et elle est une des rares chercheuses francophones à s'intéresser à la relation entre la religion et particulièrement entre le fondamentalisme religieux et l'impact sur les femmes.

À la lumière des notes biographiques de l'experte Yolande Geadah, il est évident qu'elle ne se prononce pas en dehors de son champ d'expertise quand elle se prononce sur des préceptes religieux et leurs impacts sur les femmes puisque c'est juste-

---

[169] Conseil du statut de la femme; Avis; *La polygamie au regard des droits des femmes, Polygamy and the rights of women;* 2010, p. 2.

[170] Conseil du statut de la femme; Opinion; *Polygamy and the rights of women;* 2010; p. 4.

ment le sujet de ses recherches, ses écrits et son champ de pratique depuis plus de trente ans.

Usurpation des fonctions du juge

La première question à laquelle l'experte répond porte sur la discrimination sur les femmes et sur les femmes des minorités par la loi en question. Il est de commune renommée que le sens du mot discrimination n'a pas seulement le sens juridique, mais aussi un sens pour une approche sociologique, psychologique et même politique.

Comme le mentionne pertinemment l'Institut de Recherche, d'Étude et de Formation sur le Syndicalisme et les Mouvements sociaux (« IRESMO ») :

« En réalité, l'approche sociologique par les discriminations structurelles va plus loin que cela. Car en effet, elle interroge le fonctionnement même de l'organisation sociale et implique donc une transformation structurelle de la société pour en modifier le comportement et non pas seulement une action sur les comportements individuels. La notion de discrimination sociale structurelle (ou systémique) montre donc le lien qu'il existe entre les discriminations et les inégalités sociales structurelles[171]. »

En aucun temps Mme Yolande Geadah ne donne une opinion juridique au sens de nos chartes ou de

---

[171] *Discriminations approches juridique, psychologique et sociologique* - IRESMO- Recherche et formation sur les mouvements sociaux; 16 janvier 2019.

la jurisprudence y afférant. Comme chercheuse en sciences sociales, elle analyse le fonctionnement des organisations, la place qu'occupe les femmes et les relations entre les femmes et les hommes dans ces organisations.

Qui plus est, à titre de chercheuse féministe, Mme Yolande Geadah examine depuis des décennies les exclusions voire l'infériorisation des femmes dans la société et particulièrement par des normes religieuses.

Toutes ses recherches et enquêtes, basées sur des méthodes rigoureuses en sciences sociales, l'amènent à conclure que ce sont les religions qui donnent un statut différent et une place différente aux femmes et toujours avec des normes d'interdictions d'agir et même d'exister juridiquement, les traitant souvent à peine comme des enfants. Il s'agit de son opinion de spécialiste de la place des femmes dans les religions, ce qui est tout à fait admissible comme il est mentionné dans le recueil du Barreau du Québec à la page 228 :

> « L'expert peut énoncer des faits relevant d'une connaissance spécialisée, sans pour autant usurper la fonction du juge appelé à tirer de la preuve une conclusion juridique. L'expertise du professionnel de la santé mentale peut, dans certains cas, s'avérer utile, telle en Chambre de la famille ou en Chambre de la jeunesse. Un expert peut expliquer le comportement humain[172]. »

---

[172] Stéphane Reynolds et Monique Dupuis; *supra* note 159; p. 98.

D'ailleurs s'il avait fallu attendre une définition juridique de la discrimination ou de l'égalité des sexes (première fois défini par le Conseil du statut de la femme en 2007), les suffragettes n'auraient pas gagné leur combat pour le droit de vote contre le clergé catholique en 1940. C'est sur des bases sociologique, politique et anthropologique que s'appuyait le combat de ces femmes, car le clergé catholique affirmait que les femmes n'avaient pas les capacités intellectuelles nécessaires pour comprendre la chose politique et encore moins pour voter[173].

Comme mentionné plus haut (paragraphe 8), la Cour suprême reprise par les juges Bergeron et Mongeon, a rendu les décisions en matière de rejet d'expertise dans le contexte constitutionnel en affirmant que la preuve par experts sociologiques est admissible ainsi que son témoignage sur les faits législatifs « qui établissent l'objet et l'historique d'une loi... » (Mackay par. 8).

Le rapport de Mme Yolande Geadah ne donne pas d'opinion juridique sur l'objet de la Loi, elle ne fait que rapporter des faits législatifs autant sur le fait que sur les articles qui précisent l'application de la Loi.

Elle ne rend pas plus d'opinion juridique que l'expert Richard Y. Bourhis, mandaté par la FAE, qui semble interpréter la Loi et le droit à la liberté de religion quand il affirme que :

> « 36. La *Loi sur la laïcité de l'État* adoptée par le gouvernement du Québec en juin 2019 **interdit le port de signes religieux à cer-**

---

[173] Conseil du statut de la femme; *supra* note 2.

taines catégories de personnes dans les institutions québécoises. Entre autres, ces dispositions de la *Loi sur la laïcité de l'État* ont pour but avoué, à long terme, d'exclure par l'usure toutes les minorités religieuses portant des signes religieux du système scolaire du Québec. Ces minorités religieuses ne pourront obtenir une promotion ou changer de poste dans une autre région administrative, sous peine de perdre leur emploi. Les enseignantes et enseignants désirant maintenir le port de leurs signes religieux, doivent réduire leurs aspirations professionnelles afin d'éviter une promotion ou une mutation dans une autre unité administrative tributaire des décisions de superviseurs souvent membres de la majorité. Cette précarité professionnelle peut nuire au rendement pédagogique et contribuer au stress chronique ayant des conséquences néfastes sur la santé psychologique et physique de ces enseignantes et enseignants[174]. » [Nous soulignons.]

L'experte ne rend pas plus d'opinion sur le concept québécois et canadien d'accommodement raisonnable. Rappelons que Mme Yolande Geadah a publié un essai sur les accommodements raisonnables et sur leur incidence sur la société québécoise à la suite d'une analyse sociologique et politique. Cela fait partie de son expertise.

---

[174] Rapport d'expertise de Richard Y. Bourhis dans le cadre de la contestation de la validité constitutionnelle de la *Loi sur la laïcité de l'État* au Québec, pour la FAE, par. 36.

En terminant, rappelons que l'honorable juge Mongeon de cette cour a décidé, dans *FTQ c. PGQ*, que même si l'expert prononçait une opinion juridique (ce qui n'est pas le cas ici) ce n'est pas un automatisme de disqualification :

> « **Plus encore, l'expert peut se prononcer sur une question de droit que le juge aura à trancher**
> Son opinion ne peut remplacer celle du juge sur une question de droit mais le fait que l'expert puisse formuler une opinion sur un aspect légal n'aura pas automatiquement pour effet de le disqualifier ou de rejeter l'ensemble de son expertise. Voir Jean-Claude Royer et Catherine Piché : *La preuve civile*, 5ᵉ, Éditions Yvon Blais, 2016, n° 545[175]. (Nous soulignons.)

De plus, rappelons qu'en vertu de l'article 238 C.p.c., le juge n'est pas lié par les expertises produites dans un litige.

La preuve par ouï-dire

La demanderesse affirme que l'experte Yolande Geadah manque « manifestement » de rigueur car ses sources reposent sur du ouï-dire et sur des sources non scientifiques.

Rappelons à nouveau que la Cour suprême du Canada a établi, depuis 1989, qu'en matière constitutionnelle il est essentiel d'établir les faits entou-

---

[175] *Fédération des travailleurs du Québec (FTQ – Construction) c. Procureure générale du Québec.*, 2018 QCCS 4548, par. 16.

rant l'adoption d'une loi pour bien saisir l'origine, l'impact de ces normes. La Cour mentionne que :

> « Les faits pertinents présentés peuvent toucher une grande variété de domaines et traiter d'aspects scientifiques, sociaux, économiques et politiques. Il est souvent très utile pour les tribunaux de connaître l'opinion d'experts sur les répercussions futures de la loi contestée et le résultat des décisions possibles la concernant. »
> « Les décisions relatives à la Charte ne peuvent pas être fondées sur des hypothèses non étayées qui ont été formulées par des avocats enthousiastes[176]. »

Pour éviter de laisser tout le champ « aux avocats enthousiastes » comme le disait le juge Cory on a recours à l'expertise des sciences sociales.

Une des principales méthodes de recherche en sciences sociales et particulièrement en sociologie est l'observation des comportements, selon une méthode qualitative, par des entrevues individuelles ou en groupe.

Pour le compte du Conseil du statut de la femme, Mme Yolande Geadah a fait une recherche sur les crimes d'honneurs et pour cette recherche et en vertu de la méthode qualitative en sciences sociales, elle a réalisé de nombreuses entrevues[177].

Elle relate ces entrevues non pas pour prouver la véracité de ce qui est dit, mais pour illustrer le

---

[176] *Mackay c. Manitoba*, 1989 CanLII 26 (CSC), [1989] 2 RCS 357, p. 361-362.

[177] Conseil du statut de la femme; Avis : *Les crimes d'honneur, de l'indignation à l'action*, 2017.

contexte de prosélytisme qui sévit dans la communauté. Cela est tout à fait conforme aux décisions *R. c. O'Brien* et *R. c. Evans* sur l'admissibilité de propos recueillis auprès de tiers[178].

Quant aux sources citées, il faudrait d'abord savoir ce qu'entend la demanderesse par des « sources scientifiques » qui, selon elle, seraient plus « valables » que celles qui sont citées par Mme Yolande Geadah.

L'experte cite le Coran, ses propres ouvrages, d'autres autrices et auteurs, simple quidam, des chercheuses comme elle, des professeurs, des imams et même des journalistes. Le fait que ces auteurs et autrices soient publiés dans la revue *Châtelaine*, n'en diminue pas moins la qualité du propos. La revue *Châtelaine* est un médium de diffusion tout autant respectable qu'un autre.

Le rapport de l'experte fait preuve d'indépendance et d'impartialité

La demanderesse souhaite le rejet du rapport de l'experte parce qu'il semble soutenir par argumentation la thèse de PDF Québec et est trop « opinioné » (sic) et que cela donne un caractère partial au rapport.

D'abord, il faut souligner que l'experte a prêté serment et s'est engagée à faire son rapport selon les méthodes exigées par son expertise et indépendamment de la position du tiers intervenant.

Deuxièmement, l'experte tire des conclusions qui se traduisent à l'occasion par des opinions puisque

---

[178] Arrêt *R. c. O'Brien*, 1977 CanLII 168 (CSC), [1978] 1 R.C.S. 591, p. 593; et *R. c. Evans*; 1991-04-18; IRCS 869.

c'est le propre des sciences sociales de tirer des conclusions sur les comportements humains et sur les relations entre eux ou envers les institutions qui les régissent.

Dès 1996, Mme Yolande Geadah tirait les mêmes conclusions dans son premier essai sur le port du voile et l'infériorisation des femmes comme enjeu de société et non un enjeu individuel et avait conclu dans son premier essai que le fondamentalisme religieux voyait dans le port du voile (hijab) un outil de prosélytisme.

Ses recherches pendant près de 30 ans ont mené aux mêmes conclusions. On ne peut reprocher à une chercheuse qui se penche sur la place des femmes dans les religions depuis des décennies d'avoir une constance obtenue par les méthodes d'enquête propres à son champ d'expertise.

Mme Yolande Geadah n'a pas de lien avec le groupe PDF Québec et arrive aux mêmes conclusions dans ses autres recherches et analyses. Il est vrai qu'elle exprime des positions et opinions contraires aux prétentions de la partie demanderesse.

Toutefois, cela ne témoigne pas de partialité. Comme le mentionne fort pertinemment l'Institut de la magistrature du Canada, il faut distinguer entre opinion et partialité :

> « **Établir la distinction entre la partialité et la défense d'une opinion : Il y a une différence entre le fait pour un expert de défendre une idée donnée et celui de militer pour une partie.** Quoique la première situation ne pose pas nécessairement

problème, la deuxième est certainement problématique. Dans des domaines où il peut exister des conflits au sein de la discipline de l'expert quant à la méthodologie à suivre (ceci est particulièrement vrai dans les sciences sociales, telles que la sociologie ou l'anthropologie culturelle), l'expression par un expert de sa forte préférence pour une façon donnée de faire les choses ne devrait pas être assimilée à une partialité en faveur d'une partie[179]. » (Nous soulignons.)

De plus, nous sommes d'avis qu'il faut rejeter le motif de partialité, car il n'a pas été prouvé que l'experte ne veut pas ou ne peut pas remplir son mandat selon les exigences de l'article 22 C.p.c. comme l'a décidé cette cour dans *Du Sablon c. Groupe Ledor inc.*, même si ce jugement ne porte pas sur une question constitutionnelle, la demanderesse le citait :

> « Cette preuve ne permet pas de conclure que l'expert Gingras ne peut ou ne veut accomplir sa mission qui est celle d'éclairer le Tribunal avec objectivité, impartialité et rigueur[180]. »

Conclusion

Donc c'est à bon droit que la Cour peut rejeter la demande de rejet du rapport pour irrégularité en

---

[179] *Manuel scientifique à l'intention des juges canadiens : cahier d'audience*, p. 179.
[180] *Du Sablon c. Groupe Ledor inc.*, 2016 QCCS 5469 (CanLII), par. 23.

vertu de 241. Ce rapport est pertinent, entre dans les compétences et expertises de l'experte Yolande Geadah. Ce rapport ne contient aucune irrégularité et répond aux critères énoncés dans la jurisprudence citée aux paragraphes 8 et suivants.

Par ailleurs, l'article 241 C.p.c. permet d'apporter des corrections ou même d'ordonner une autre expertise de manière à sauvegarder les droits d'une partie si jamais le tribunal le jugeait nécessaire.

Pour tous ces motifs, l'intervenant PDF Québec demande le rejet de la demande en rejet du rapport de l'experte Yolande Geadah.

4. L'appel contre le jugement de la Cour supérieure

Le juge Marc-André Blanchard rend son jugement sur la validité de la loi 21 le 20 avril 2020. Il rejette les demandes d'invalidité de la Loi, mais déclare certaines dispositions de la Loi inopérantes à l'égard des députés de l'Assemblée nationale et des personnes bénéficiant de droits à l'instruction dans la langue de la minorité.

PDF Québec ne cache pas sa très grande déception. La laïcité est une condition essentielle pour assurer l'égalité des femmes avec les hommes, car elle pose les assises pour éviter que des règles religieuses discriminatoires à l'égard des femmes puissent s'immiscer dans la gestion de l'État. Cependant, avec le jugement de la Cour supérieure, les droits à l'égalité pour les femmes et les filles du Québec ne seront pas protégés pour toutes puisque des signes sexistes discriminatoires vont être permis dans les commissions scolaires anglophones et à l'Assemblée nationale. La loi 21 aurait pu permettre de renforcer la cohésion sociale et le vivre ensemble au Québec. PDF Québec déplore donc profondément que la décision du juge Blanchard amplifie la fracture entre les populations francophone et anglophone et entre les femmes elles-mêmes. L'organisme PDF Québec décide donc de porter certaines conclusions du jugement en appel.

4.1 Erreurs de droit

Le juge a erré en droit en ignorant la règle du *stare decisis* qui lui impose de respecter la décision de l'arrêt de la Cour suprême dans *Mouvement laïque québécois*[181]. Cette décision a confirmé que les employées et les employés de l'État durant leurs heures de travail sont des représentantes et des représentants de l'État et sont les gardiens du devoir de neutralité religieuse de l'État.

Le juge a erré en droit en donnant une valeur absolue à la liberté de religion en niant le devoir de neutralité religieuse de l'État qui est une composante de la liberté de religion : *Congrégation des Témoins de Jéhovah c. Lafontaine*[182].

De plus, le juge n'a pas appliqué l'article 9.1 de la *Charte des droits et libertés de la personne* et de la jeunesse (ci-après «Charte québécoise») et l'article 2 de la loi 21 qui définit la laïcité et qui repose sur le principe de la neutralité de l'État. Ces articles n'ont pas été déclarés inopérants à l'égard de l'intimée English Montreal School Board de telle sorte que celle-ci est tenue de respecter les principes de ces deux articles dans l'exercice de ses droits en vertu de l'article 23 de la Charte.

Cette erreur de droit est déterminante puisque le juge devait prendre en compte l'obligation de neutralité religieuse de l'État tel que l'expriment

---

[181] *MLQ c. Saguenay (Ville)* 2015 CSC 16; Onglet 34 des cahiers d'autorités du Plan d'argumentation amendé de l'intervenant conservatoire PDF Québec.

[182] *Congrégation des témoins de Jéhovah de St-Jérôme c. Lafontaine (Village)*; 2004 CSC 48; 2 RCS 650; Onglet 41 des cahiers des autorités du Plan d'argumentation amendé de l'intervenant conservatoire PDF Québec; 13 décembre 2020.

l'article 9.1 de la Charte québécoise et l'article 2 de la Loi et ne pas permettre aux enseignantes, enseignants et autres personnes visées de porter un signe religieux durant leurs heures de travail tel que l'a décidé la Cour suprême dans l'arrêt *Mouvement laïque québécois*. Nous faisons nôtre le paragraphe 11. e), f) et g) de la déclaration de l'appelant Mouvement laïque québécois :

a) L'obligation de neutralité religieuse de l'État relève d'un impératif démocratique[183] que les enseignants.es doivent respecter;

b) L'État porte atteinte à la liberté de conscience d'acteurs privés, tels les élèves et leurs parents, lorsque ses enseignants.es, dans l'exercice de leurs fonctions, se livrent à une pratique religieuse qui contrevient à son obligation de neutralité[184], de telle sorte que le juge ne pouvait écarter les objections de conscience des parents en leur substituant son appréciation personnelle des signes religieux[185];

c) Il est évident que l'État lui-même ne peut se livrer à une pratique religieuse, celle-ci doit donc être celle d'un ou plusieurs de ses enseignants, dans la mesure où ils agissent dans le cadre de leurs fonctions[186].

---

[183] MLQ, *op.cit.* par. 75.
[184] *Id.* par. 80.
[185] Par. 1054 du jugement du 20 avril 2021.
[186] Notes 1, 3 et 4, par. 84.

Aussi, le juge a erré en droit en n'appliquant pas l'article 2 de la loi 21 qui stipule que la laïcité repose sur l'égalité des citoyennes et des citoyens (en plus de la séparation entre l'église et l'État, la neutralité religieuse de l'État et de la liberté de conscience et la liberté de religion).

Les quatre principes de la laïcité prévus à l'article 2 de la loi 21 sont maintenant inscrits à l'article 9.1 de la Charte québécoise. Autant l'article 9.1 de la Charte québécoise, que son préambule qui rappelle la valeur d'égalité des sexes, que l'article 2 de la loi 21 ou l'article 28 de la Charte canadienne n'ont pas été déclarés invalides pour l'application de l'article 23 de la Charte canadienne.

La garantie d'égalité entre les sexes et le fait que les femmes jouissent des mêmes droits que les hommes ne peuvent être subordonnés aux actes découlant de croyances religieuses. Cette erreur est déterminante puisque la liberté de religion des personnes visées par la Loi ne peut être comprise et définie comme portant atteinte à l'égalité des sexes ou à un autre droit, comme on l'a vu dans les arrêts Bruker[187] et Trinity Western[188]. La Charte québécoise rappelle que «les droits et libertés de la personne humaine sont inséparables des droits et libertés d'autrui et du bien-être général».

Le juge a ainsi omis de reconnaître que l'égalité des sexes est un droit réitéré dans la loi 21 qui prend source d'abord dans la Déclaration universelle des droits de l'homme de l'ONU de 1948 et

---

[187] *Bruker c. Marcovitz*, [2007] 3 R.C.S. 607.
[188] *Law Society of British Columbia c. Trinity Western University*, [2018] 2 R.C.S. 293.

dans tous nos instruments législatifs quasi constitutionnels, constitutionnels ou non afin d'éliminer les inégalités de droit et de fait entre autres créées par les religions monothéistes. Les religions et les signes religieux sont à la source des plus grandes inégalités entre les femmes et les hommes et particulièrement de l'infériorisation des femmes face aux hommes dans notre société, comme le rappelle le Conseil économique et social de l'ONU :

> «Les religions, y compris les religions monothéistes, sont généralement nées dans des sociétés très patriarcales ou la polygamie, la répudiation, la lapidation, l'infanticide, etc., étaient des pratiques courantes et où les femmes étaient considérées comme des êtres impurs, voués aux destins secondaires d'épouses, de mères, voire de signes extérieurs de richesse[189].»

Le juge n'a jamais analysé le concept d'égalité entre les femmes et les hommes et la possibilité qu'une atteinte à ce droit soit une limite intrinsèque à la liberté de religion comme le Conseil du statut de la femme l'a démontré dans ses avis depuis 2007. Le juge aurait dû tenir compte des articles sur l'égalité des sexes et particulièrement l'article 28 de la Charte canadienne, le préambule de la Charte québécoise et son article 9.1 pour conclure que les signes religieux en question sont sexistes et créent

---

[189] Abdelfattah Amor, Conseil Économique et Social de l'ONU; *supra* note 82; par. 15.

une discrimination à l'endroit des femmes qui les portent, mais aussi pour celles qui ne les portent pas.

PDF Québec a démontré que l'article 28 a été adopté par le Parlement du Canada pour en finir avec le concept d'égalité formelle et pour contrer les effets de l'article 27 qui enchâsse le multiculturalisme comme une norme et est susceptible de porter atteinte au droit des femmes à l'égalité. Les féministes de 1980 avaient peur que cet article ramène les discriminations patriarcales dont le Canada s'est en partie débarrassé au cours des années.

Donc, avant même de procéder au test de l'article 1, le juge aurait dû conclure que non seulement les représentants et représentantes de l'État dans cette qualité n'ont d'autre rôle que d'incarner le devoir de neutralité de l'État, mais aussi que le droit à l'égalité des sexes ne peut être atteint par la liberté de religion « supposée » des représentants de l'État[190].

En acceptant que des représentantes de l'État portent un signe religieux sexiste à English Montreal School Board, l'État s'associe à une religion et promeut l'inégalité des sexes et les valeurs des religions qui prônent la soumission des femmes aux hommes contrairement à l'article 11 de la Charte québécoise.

Le juge ignore l'atteinte aux droits des femmes en acceptant que les fonctionnaires portent des signes sexistes et que la liberté de religion puisse porter atteinte aux droits des femmes et des hommes de English Montreal School Board, ainsi qu'à la liberté de conscience des autres ensei-

---

[190] Conseil du statut de la femme *supra* note 2; p. 77.

gnants, des parents et des enfants qui sont aussi en droit d'évoluer dans un espace libre de signes sexistes et ne pas avoir à dévoiler leur non-croyance ou croyance.

Dans son analyse de réconciliation des droits, le juge a erré en priorisant la liberté de religion des personnes visées sans considérer que le devoir de neutralité est un des éléments qui découle de la liberté de religion. Il ne peut y avoir de liberté d'exercice de religion en l'absence de neutralité religieuse de l'État incarnée par ses employés durant les heures de travail dans les écoles de English Montreal School Board.

Il a aussi erré en ne considérant pas que la Loi porte une atteinte minimale, si c'est le cas, en touchant seulement un très faible nombre de fonctionnaires visés par l'interdiction des signes religieux.

Aussi, en invalidant l'article 8 de la loi 21 qui prévoit que les services doivent être donnés et reçus par une personne qui n'a pas le visage couvert, le juge a erré en acceptant une discrimination faite aux femmes et une atteinte à la dignité des femmes. Cette «obligation» religieuse de l'islam politique est probablement une des atteintes les plus graves à l'égalité des femmes. Concrètement, cette frange de la religion considère les femmes à ce point impures qu'elles doivent se couvrir de la tête aux pieds, cachant leur visage en public. Il s'agit là d'une atteinte à la dignité humaine que l'État ne peut admettre.

L'État ne peut permettre qu'une femme puisse ainsi renoncer à sa propre dignité humaine puisque cela est contraire à l'ordre public prescrit par l'article 8 du Code civil du Québec. Ce signe religieux crée une discrimination qui désavantage les femmes qui le portent, mais aussi qui atteint la dignité de toutes les femmes qui ne le portent pas.

Le juge aurait dû retenir l'article 28 de la Charte canadienne qui reconnaît que les femmes et les hommes ont les mêmes droits et que les femmes n'ont pas à se cacher le visage du seul fait qu'elles sont des femmes au même titre que les hommes n'ont pas à le faire.

Le juge en refusant d'accorder de valeur probante au rapport de l'experte de PDF Québec Mme Yolande Geadah a aussi erré.

Le juge a erré en affirmant que le rapport de l'experte Yolande Geadah se base sur des faits qui se déroulent ailleurs qu'au Québec. Pourtant, ce rapport fait référence aux études de Mme Geadah sur les crimes d'honneur au Québec et au Canada. Elle réfère aussi à son étude sur les effets de la polygamie chez les mormons en Colombie-Britannique. Ces études produites à la demande du Conseil du statut de la femme du Québec ont été remises pour avis au gouvernement du Québec et déposées à la Cour suprême de la Colombie-Britannique dans l'affaire de la légalisation de la polygamie au Canada[191]. Il fait aussi référence à son essai sur la crise des accommodements raisonnables du Québec dans lequel elle a analysé le port du hijab et les demandes de ségrégations sexuelles dans des cours d'éducation physique à Montréal.

---

[191] Conseil du statut de la femme, Gouvernement du Québec; Opinion; Polygamy and the rights of women; 2010; p. 2.

Mme Geadah a illustré, avec rigueur, comment les signes religieux demandés par l'islam politique, ailleurs dans le monde et ici au Canada, participent à la volonté de revenir à des principes patriarcaux, sexistes qui ramènent les femmes dans un état inférieur et de soumission aux hommes. Elle montre combien ces principes essentialistes ramènent les femmes à leur sexualité et au besoin de ségrégation entre les sexes comme le corrobore le guide du National Council of Canadian Muslim *An Educator's Guide to Islamic Religious Practices*[192].

En refusant d'accorder une valeur probante au rapport de notre experte, le juge s'est privé d'une expertise qui lui montrait combien le port du niqab est une atteinte à la dignité des femmes :

« 36. Peu importe sa forme, la justification sociale du voile est fondée sur l'idée que la femme est un objet sexuel et essentiellement une tentatrice, qu'il faut cacher pour ne pas attiser le désir des hommes. Le niqab nie en plus l'identité sociale de celle qui le porte, et entrave la communication, contribuant ainsi à la déshumanisation des femmes[193]. »

Le juge a erré en concluant « une très faible utilité de la preuve de PDF Québec » et du peu de

---

[192] *An Educator's Guide to Islamic Religious Practices* - National Council of Canadian Muslims; https://issuu.com/amirael/docs/nccm_singlepage_educator (page consultée le 18 juin 2021).

[193] Yolande Geadah, Rapport d'expertise du groupe PDF Québec concernant la contestation de la loi québécoise sur la laïcité de l'État; Mars 2020; (voir annexe 2).

valeur probante des témoins de PDF Québec et du Mouvement laïque québécois.

Ces erreurs sont déterminantes, car le juge a évacué toute la preuve qui démontre que :

> a) Les religions sont nées dans le creuset du patriarcat, véhicule des principes qui infériorisent les femmes, principes encore présents jusqu'aux années 1980 dans le droit civil québécois. Ces principes sont encore la source de discriminations faites aux femmes;
>
> b) De plus, le juge n'a pas considéré les témoignages sincères des témoins de PDF Québec et du Mouvement laïque québécois, ces femmes et hommes qui souhaitent que leur liberté de conscience et celle de leurs enfants soient respectées.

Contrairement à la valeur qu'il a accordée aux témoins des demanderesses, le juge n'a pas considéré les témoignages sincères des témoins de PDF Québec et du Mouvement laïque québécois. Femmes et hommes de confession et de culture musulmane qui affirment que le voile est un signe «religieux» sexiste qui exprime le fait que les femmes sont des tentatrices qui doivent se cacher les cheveux pour faire preuve de pudeur et ne pas exciter les hommes en public; témoignages corroborés par les témoins de la demanderesse F.B., Imane Melab, N.P. et Fatima Ahmad ont affirmé, dans leur déclaration sous serment, que le voile représente un signe de pudeur.

PDF Québec a démontré que cette croyance est partagée par les religions monothéistes qui ont participé au développement du stéréotype de la femme tentatrice, diabolique et donc qui doit se couvrir les cheveux pour éviter une tentation chez les hommes.

Que le droit à l'égalité des femmes prévoit que les femmes ont le droit d'être traitées dignement et d'être «libres de développer leurs propres aptitudes et de procéder à des choix, indépendamment des restrictions imposées par les rôles (traditionnellement) réservés aux hommes et aux femmes[194].»

Le juge aurait dû conclure que tous les parents, les enfants, le personnel de English Montreal School Board ont aussi droit à des représentants de l'État qui expriment le devoir de neutralité religieuse de l'État, à des classes exemptes de prosélytisme religieux, à des classes exemptes de symboles sexistes et dégradants (pour le niqab) et au respect du droit d'autrui dont celui de la liberté de conscience.

4.2 Conclusions

La partie appelante demande à la Cour d'appel d'**ACCUEILLIR** l'appel et **INFIRMER** le jugement de première instance dans le dossier 500-17-109983-190 et de **REJETER** le pourvoi en révision judiciaire et en jugement déclaratoire des parties intimées English Montréal School Board, Mubeenah Mughai et Pietro Mercuri.

---

[194] Conseil du statut de la femme, *supra* note 2; p. 75.

5. Épilogue

Le jugement rendu par le juge Marc André Blanchard de la Cour supérieure de Montréal est insatisfaisant pour toutes les parties. Toutes ont demandé d'être entendues à la Cour d'appel.

PDF Québec va en appel pour les motifs que le juge a ignoré le fait que c'est justement pour respecter le devoir de neutralité de l'État, l'égalité des femmes, le droit à l'égalité des non-croyants et le droit à la liberté de conscience que la loi 21 a été adoptée. La loi 21 est un remède pour certaines femmes à l'atteinte à leur dignité humaine.

Le juge de première instance a déclaré que le droit à l'égalité des femmes musulmanes était bafoué sans prendre la peine de définir ce qu'est le droit à l'égalité entre les sexes. Nous reviendrons sur cette définition que le juge a négligé de faire. Nous établirons que le droit des femmes à l'égalité n'est pas désincarné et qu'il a été adopté légitimement afin de contrer les normes basées sur les stéréotypes sexuels et sexistes qui émanent du système patriarcal imposé par les trois religions monothéistes.

Contexte de la reconnaissance de l'égalité entre les femmes et les hommes

PDF Québec insistera, en Cour d'appel, sur le contexte et l'historique du droit à l'égalité des femmes pour mieux comprendre son but, son objet et sa finalité. La reconnaissance de ce droit est très récente et a été inspirée par la lettre et l'esprit des instruments juridiques internationaux.

Ainsi, PDF Québec rappellera que jusqu'à la fin de la Seconde Guerre mondiale, le droit à l'égalité visait l'égalité entre les hommes, les femmes n'étaient pas encore des sujets de droit. C'est à partir de l'adoption de la Déclaration universelle des droits de l'homme, en 1948, que les femmes sont déclarées égales aux hommes, dans un texte soumis à l'approbation de tous les États par les Nations Unies.

Le droit à l'égalité des sexes a fait son apparition en droit canadien par la *Déclaration canadienne des droits* en 1960. C'est au moment du rapatriement de la Constitution que le droit à l'égalité a été enchâssé dans la Constitution canadienne par l'inclusion de la charte des droits et libertés par ses articles 15, 28 et 35 (4). La Charte québécoise a été adoptée par l'Assemblée nationale du Québec en 1975 et c'est en 2008, à la suite d'une recommandation du CSF du Québec, que le droit à l'égalité protégé à l'article 10 a été renforcé par l'ajout d'un paragraphe au préambule et de l'article 50.1, soit l'équivalent de l'article 28 de la Charte canadienne.

Malheureusement, cette évolution législative n'a pas été suivie par une réelle égalité dans les faits pour les Canadiennes et les Québécoises, car les comportements influencés par les stéréotypes sexuels et sexistes sont plus difficiles à changer, surtout quand ils prennent racine dans la religion et les coutumes.

Même lors de la grande Révolution française de 1789, fondatrice de l'égalité entre les hommes, il était prescrit que les femmes ne puissent jouir de ces droits. Olympe de Gouges, reconnue comme l'une des premières féministes, avait écrit l'équivalent de la déclaration de la révolution au féminin : Déclaration des droits de la femme et de la citoyenne en 1791. Olympe de Gouges est morte par guillotine pour ces écrits critiques[195].

Dans notre mémoire d'appel, nous établirons que l'inégalité des sexes, que l'on veut corriger depuis des centaines d'années, est bien ancrée partout dans le monde et depuis la nuit des temps! Françoise Héritier, une des premières femmes anthropologues-ethnologues au monde, a mis à jour les sources universelles des inégalités entre les sexes, voire de la subordination des femmes envers les hommes, soit de la domination masculine.

Ces recherches sur plus de quarante ans ont démontré que partout dans le monde les femmes sont les sujets des hommes :

> «À l'échelle de l'humanité, les organisations symboliques et les organisations sociales qui en découlent impliquent, on le sait, et la démonstration ethnologique n'a plus à être faite, une étroite mise en dépendance des femmes dans tous les secteurs : une exclusion des domaines politique, économique, culturel, religieux; une affectation quasi exclusive à la sphère du domestique (au double sens que les

---

[195] Conseil du statut de la femme; Avis - *Droit à l'égalité entre les femmes et les hommes et liberté religieuse*; 2007; p. 66.

femmes y sont attachées et que les hommes n'y sont pas); une privation parfois radicale de l'éducation, de la pensée, de la parole, de la libre décision; une assignation à n'exister que comme des épouses et surtout mère, jamais comme des individus à part entière et à égalité avec les hommes[196]. »

Selon elle, la domination universelle des hommes sur les femmes s'explique par la « valence différentielle des sexes » c'est-à-dire que, de tout temps, il a été observé que seules les femmes mettaient au monde les enfants et, pire, les femmes étaient seules capables de mettre au monde autant des hommes que des femmes.

Françoise Héritier a démontré que la hiérarchie qui place les hommes au-dessus des femmes est motivée par la volonté des hommes de contrôler la fécondité des femmes :

> « Les femmes sont dominées non parce qu'elles sont sexuellement des femmes, non parce qu'elles ont une anatomie différente, non parce qu'elles auraient naturellement des manières de penser et d'agir différentes de celles des hommes, non parce qu'elles seraient fragiles et incapables, **mais parce qu'elles ont ce privilège de la fécondité et de la reproduction des mâles.**
> La valence différentielle des sexes est un phénomène si massif qu'il en devient invisible

---

[196] Françoise Héritier, *Le masculin-féminin II. Dissoudre la hiérarchie;* Éditions Odile Jacob; 2002; p. 24.

comme une donnée naturelle non questionnable alors qu'il n'est pas naturel et qu'on est en droit de le questionner. Ainsi, le privilège confisqué est devenu handicap pour que la confiscation soit irréversible, les femmes ont été partout confinées dans un rôle de procréatrices domestiques exclues de l'usage de la raison, exclues du politique, exclues du symbolique.

Pour comprendre la domination du masculin sur le féminin, il suffit alors de voir que la fécondité féminine est la *pierre de touche* et non pas la différence sexuée proprement dite ou la nature infuse dans l'un et l'autre sexe. Si les femmes n'avaient pas eu ce pouvoir exorbitant de produire les deux sexes et surtout de produire les fils à l'image des hommes, le monde fonctionnerait de façon très différente ainsi que nos systèmes de pensée. C'est le lieu même d'une supériorité qui devient le lieu de l'infériorité dominé par le même mouvement de bascule ou d'ambivalence qui fait du couple fécondité / stérilité un Janus bifrons. Le moteur de la domination est dans le contrôle de la fécondité qui a eu lieu pendant la période fertile des femmes et l'échange des femmes est ainsi une façon de répartir en paix et équitablement la vie entre des groupes d'hommes en répartissant en quelque sorte des ressources indispensables, rares[197].»

La domination masculine est donc née du pouvoir des femmes d'enfanter et s'en est suivi par

---

[197] Françoise Héritier, *Le masculin-féminin II. Dissoudre la hiérarchie*; Éditions Odile Jacob; 2002; p. 202.

toute l'organisation sociale, la distribution des rôles dans la famille et dans la société sur la base du patriarcat, soit l'homme au centre de la société et la femme à son service.

Ces éléments d'histoire seront ajoutés à ceux déjà évoqués concernant la religion et le droit à l'égalité des femmes, l'historique de l'adoption des articles 15, 28 et 35 (4) de la Charte canadienne, ainsi que la modification du préambule de la Charte québécoise et de l'ajout de l'article 50.1.

Nous reviendrons sur le fait que le droit à l'égalité entre les sexes protégé par ces articles de lois est bafoué lorsque l'État s'associe à une religion qui soutient que les femmes sont à ce point indignes qu'elles doivent se couvrir pour apparaitre en public. Le droit à l'égalité entre les sexes est enfreint lorsque l'État permet aux clients de ses services de discriminer les personnes qui offrent ces services publics en fonction de leur sexe. Ce droit est atteint lorsque les fonctionnaires véhiculent des stéréotypes sexuels et sexistes qui enferment les femmes dans des rôles sexués et inférieurs aux rôles des hommes dans notre société. Voilà le but et l'objet de la protection de la laïcité de l'État consacré dans notre Charte québécoise par la loi 21.

Rappelons que jamais le droit à l'égalité entre les femmes et les hommes n'a fait l'objet d'une définition jurisprudentielle canadienne à ce jour. L'article 28 de la Charte canadienne est aussi mobilisé dans cette cause. Cet article ayant été adopté pour renforcer l'égalité entre les sexes, il est pour le moins paradoxal que certains l'utilisent pour maintenir les stéréotypes et les préjugés contre le droit à l'égalité des femmes. Il est donc essentiel que nous soyons parties à cette procédure pour faire valoir que le droit des femmes à l'égalité est universel, car l'infériorisation des femmes par le système patriarcal l'est aussi.

ANNEXE 1

Les déclarations sous serment de parents en faveur de la loi 21 soumises à la Cour supérieure

PARENT 1. Je, soussignée, XXX, mère d'une enfant fréquentant une école primaire de Montréal-Nord, résidante et domicilié au XXX, Montréal, déclare solennellement :

1. J'ai pris connaissance des exigences de la loi sur la laïcité relative à l'interdiction de porter un signe religieux pour certains employés de l'État dont les enseignantes et les enseignants des écoles publiques du Québec.

2. Je suis de culture musulmane, originaire d'Algérie, et élevons nos enfants dans le respect de l'égalité entre les femmes et les hommes; nous nous opposons donc au port du voile islamique, signe d'infériorisation des femmes.

3. Ayant deux filles, nous discutons régulièrement à la maison des pressions subies par les membres de notre communauté pour porter le voile islamique en insistant qu'il ne s'agit pas d'une prescription coranique.

4. Mes filles subissent régulièrement des pressions de leurs pairs de confession musulmane leur faisant valoir qu'étant aussi de culture musulmane, elles doivent porter le voile, car les femmes sont comme des bonbons : si un bonbon tombe au sol non enveloppé, il se souille. C'est la même chose pour une jeune fille qui refuse de porter le voile aux yeux d'Allah, de leur futur conjoint ou de leur famille.

5. Nous souhaitons que l'école publique soit à l'abri de ces pressions indues et contribue ainsi au respect à l'égalité entre les femmes et les hommes et à la dignité des femmes en société.

6. J'aimerais rapporter, dans ce contexte, un exemple de pression qu'a subie ma plus jeune fille en 2017-2018, pour porter le voile islamique par un membre du personnel portant un hijab, en position d'autorité, de son école primaire à Montréal-Nord.

7. Les faits se sont déroulés dans la cour d'école, alors que ma fille avait neuf ans (3e année du primaire) et jouait avec une amie qui portait, à l'occasion, un voile islamique.

8. Une éducatrice qui portait le hijab et qui surveillait la cour d'école aurait alors apostrophé l'amie de ma fille pour la corriger parce qu'elle se permettait de mettre le voile ou de l'enlever à sa guise, lui disant qu'une fois que le voile est mis, il ne faut plus l'enlever; cette amie aurait alors répondu que ses parents lui ont expliqué que tant qu'elle n'a pas dix ans ce n'est pas grave s'il lui arrive de se découvrir.

9. Par la suite, l'éducatrice se serait retournée vers ma fille lui demandant quand, pour sa part, elle commencerait à le mettre. Se sentant gênée et, pour ne pas lui déplaire, ma fille aurait répondu « Je ne sais pas, peut-être au secondaire. » L'éducatrice aurait alors approuvé en disant « ok c'est correct ».

10. Se sentant mal à l'aise, suite à cet événement, ma fille m'a rapporté cette histoire quelques jours plus tard. Nous avons dû avoir une longue conversation pour lui expliquer qu'elle n'était pas obligée de mentir sur sa croyance pour plaire à son éducatrice.

11. Il est très difficile pour mes filles (j'ai aussi une adolescente) de résister aux pressions de leurs pairs à porter le voile, car elles ne veulent pas déplaire et il s'agit parfois d'un signe d'appartenance au groupe.

12. Il est primordial, pour moi, que l'école interdise le port de signe religieux, tel que visé par la *Loi sur la laïcité de l'État,* afin de montrer à mes filles qu'un choix réel est possible, et les aider ainsi à se considérer à l'égale des hommes et à respecter leur dignité en tant que femme et leur liberté de conscience.

Les faits allégués au texte du présent affidavit sont vrais.

PARENT 2.

Je, soussignée, XXX, infirmière, résidente et domiciliée au XXX, Montréal, déclare solennellement :

1. J'ai pris connaissance des exigences de la loi sur la laïcité relative à l'interdiction de porter un signe religieux pour certains employés de l'État, dont les enseignantes et les enseignants des écoles publiques du Québec.

2. Je suis originaire de Tunisie, de confession musulmane et arrivée au Québec en 2014 ; ma fille XXX, qui avait 6 ans à l'origine, a débuté l'année scolaire à une école primaire dans l'arrondissement d'Hochelaga-Maisonneuve en première année du primaire en 2014-2015.

3. Au printemps 2015, ma fille est arrivée à la maison avec beaucoup de questionnements concernant nos convictions religieuses à la suite des commentaires d'une de ses compagnes d'école qui insinuait qu'elle n'était pas musulmane en se basant sur sa façon de s'habiller. J'ai aussitôt prévenu la direction de l'école de cette situation inacceptable, et celle-ci est heureusement intervenue auprès de ses parents et auprès de l'enfant.

4. En 2018-2019, c'est au service de garde que cette pression s'est accentuée. Cette année-là, en l'absence d'éducatrices qualifiées, l'école a dû faire appel à des remplaçantes; ces dernières étaient de confession musulmane et portaient le voile. Compte tenu du nom à consonance arabe de ma fille, l'une des remplaçantes s'est permis de lui faire des remontrances pour qu'elle finisse ses repas en invoquant les exigences d'« Allah » et son devoir de bonne musulmane; une autre remplaçante a fait des remarques parce qu'elle utilisait le service de traiteur de l'école pour ces lunchs (donc non halal ou contenant du porc). Après plusieurs plaintes à la direction et pour protéger ma fille de cette pression indue, j'ai dû retirer ma fille du service de garde de l'école.

5. Ma fille continue cependant à recevoir beaucoup de pressions de la part de ses pairs de confession musulmane concernant ses habitudes alimentaires et sur nos pratiques religieuses, que ce soit à l'école ou dans le quartier.

6. J'ai quitté la Tunisie pour que ma fille puisse grandir dans un milieu respectueux de ses choix et décisions, un milieu qui respecte les droits des femmes à décider pour elles-mêmes. Or, c'est en fréquentant l'école publique de mon quartier que ma fille subit des pressions pour se comporter comme « une bonne musulmane ». Je suis musulmane et n'accepte pas les pratiques discriminatoires. Je tente de protéger ma fille du mieux que je le peux en lui rappelant ses droits et devoirs de citoyenne. J'ai cependant besoin que l'État me supporte en offrant un service éducatif neutre à ma fille, en lui

montrant qu'il est possible de vivre sa religion sans avoir à porter le voile, qui est loin de représenter l'égalité entre les femmes et les hommes.

7. À la suite de mes expériences difficiles à cette école, j'ai la forte impression que le port d'un signe religieux par des personnes en position d'autorité influence les comportements de ma fille et la fait se questionner sur ses choix et ceux de sa mère. Le jugement exercé sur ma fille parce qu'elle n'adhère pas aux pratiques religieuses (ce qu'elle devrait faire à leurs yeux, compte tenu de son nom à consonance arabe et étant d'origine tunisienne) la fait remettre en question sa propre spiritualité. Ce jugement ne favorise pas le développement de son plein potentiel, ne respecte pas sa liberté de choix et porte préjudice à ce que nous venions chercher au Québec soit l'égalité de faits entre les femmes et les hommes.

8. En interdisant le port de signes religieux dans les écoles, le gouvernement contribue à protéger les enfants des pratiques religieuses sexistes en montrant qu'il est possible, pour une musulmane, d'avoir une profession respectable sans avoir à porter le voile. Ne l'oublions pas, les enseignantes sont des modèles pour nos enfants.

Les faits allégués au texte du présent affidavit sont vrais.

PARENT 3.

Je, soussignée, XXX, résidant XXX à Montréal, déclare solennellement :

1. Je réside actuellement avec mon conjoint sur le territoire de la Commission scolaire de Montréal;

2. Nous avons deux enfants d'âge scolaire, deux garçons, qui sont inscrits et fréquentent une école primaire et une école secondaire de cette commission scolaire.

3. J'ai choisi avec mon conjoint d'inscrire nos enfants à l'école publique laïque et notre décision a été prise dans leur intérêt et dans le respect de leurs droits.

4. Avec mon conjoint, j'ai pris en considération l'aspect fondamental dans lequel nous voulons les éduquer et les faire instruire, notamment le développement de leur esprit critique et leur autonomie de jugement.

5. Nous avons donc choisi l'école publique laïque dont le personnel enseignant a, entre autres, le devoir de ne favoriser

ni défavoriser, implicitement ou explicitement, une religion ou une option spirituelle plutôt qu'une autre.

6. Je m'oppose à ce que l'école transmette des messages religieux à mes enfants à travers des signes religieux portés notamment par des membres du personnel enseignant.

7. Je tiens à ce que nos enfants soient protégés de tout prosélytisme religieux actif ou passif. Il en va de leur liberté de conscience.

8. Il est également très important pour mon conjoint et moi que soient transmis à nos garçons des valeurs d'égalité entre les hommes et les femmes et qu'ils soient éduqués dans un environnement sans stéréotypes sexuels, qui promeut des rapports sains entre les sexes.

9. Je m'oppose à ce que l'école puisse transmettre éventuellement à nos enfants un enseignement d'une ou d'un enseignant qui expose par des signes religieux un message, explicite ou implicite, de discrimination entre les sexes.

10. Je suis particulièrement inquiète pour mes enfants de la volonté de la demanderesse et des autres personnes qui ont souscrit des déclarations sous serment dans ce dossier de porter leurs signes religieux pour enseigner à l'école publique.

11. L'obligation invoquée par la demanderesse de porter par conviction un signe religieux sous la forme d'un hijab pour cacher une partie de son corps est contraire au principe d'égalité des sexes et à mes convictions morales.

12. La volonté de la demanderesse de porter son signe religieux par modestie pour enseigner dans une école publique est une atteinte à la dignité des femmes et des hommes et au principe de l'égalité des sexes.

13. Je ne veux pas que soit transmise à mes enfants l'image de la femme qui serait un objet de convoitise pour l'homme, à qui incomberait le devoir de cacher son corps, et qui devrait se comporter différemment en présence d'un homme qu'en présence d'une femme.

14. Je ne veux pas non plus que mes enfants soient amenés à intégrer l'idée choquante qu'un homme serait un être faible qui aurait les instincts d'un prédateur sexuel et dont il faudrait se protéger.

15. Pour moi qui suis d'origine tunisienne, le voile est le symbole d'une dérive intégriste et rétrograde de l'islam, il

contribue à donner une image négative et à stigmatiser la femme musulmane.

16. Il est pour moi inacceptable que l'école véhicule une telle image de la religion avec laquelle j'ai grandi, et véhicule l'idée qu'une « bonne musulmane » est une musulmane voilée.

17. Je connais très bien la pression sociale que constitue le port du voile, et je ne veux pas que mes enfants soient conditionnés par une telle conception de la femme.

18. Je ne veux pas que mes garçons puissent être amenés à penser que je devrais porter le voile, étant Tunisienne, non plus qu'ils puissent un jour adhérer à des valeurs religieuses représentées par de tels signes qui sont contraires aux valeurs de ma famille.

19. Il m'apparait évident que l'instruction de mes enfants dans un tel contexte porterait atteinte à mon droit fondamental d'assurer l'éducation morale de mes enfants conformément à mes convictions, dans le respect de leurs droits et de leur intérêt.

PARENT 4.

Je, soussignée, XXX, résidant au XXX à Sherbrooke, déclare solennellement :

1. Je réside actuellement sur le territoire de la Commission scolaire de Sherbrooke (maintenant Centre de services scolaire).

2. J'ai trois enfants d'âge scolaire qui sont inscrits et fréquentent des écoles publiques de cette commission scolaire.

3. Mon mari et père de mes enfants, Raïf Badawi, est emprisonné en Arabie saoudite parce qu'il a critiqué l'islam et a fait la promotion de la liberté d'expression pour les individus et du droit à l'égalité pour les femmes.

4. J'ai choisi d'inscrire mes enfants dans des écoles publiques laïques et ma décision a été prise dans leur intérêt et dans le respect de leurs droits.

5. J'ai pris en considération, outre les besoins moraux, intellectuels, affectifs et physiques de mes enfants, l'historique de notre famille lié à l'intégrisme religieux et à notre volonté de vivre dans un contexte de liberté et d'égalité femme-homme à l'abri de ce type d'intégrisme.

6. J'ai donc choisi l'école publique laïque dont le personnel enseignant a, entre autres, le devoir de prendre les moyens appropriés pour aider à développer chez les élèves le respect des droits de la personne en conformité avec l'article 28 de la *Charte canadienne des droits et libertés,* soit l'égalité entre les personnes des deux sexes.

7. Dans l'exercice de mon autorité parentale et dans le respect de mes convictions morales profondes, je refuse que mes enfants soient exposés à des valeurs ou des pratiques qui sont ou paraissent contraires au principe de l'égalité entre les hommes et les femmes, comme ce fut le cas lorsqu'en février 2020 les garçons et les filles de la classe de ma plus jeune fille furent séparés sans raison valable.

8. Je m'oppose donc à ce que du personnel enseignant transmette à mes enfants des valeurs morales représentées par ces signes religieux qui sont contraires à mes convictions et au principe de l'égalité entre les hommes et les femmes.

9. Je suis particulièrement inquiète pour mes enfants de cette possibilité bien réelle que la demanderesse et les autres personnes qui ont souscrit des déclarations sous serment dans ce dossier puissent porter leurs symboles religieux à l'école publique.

10. Je suis la mère de deux filles et je tiens absolument à ce qu'elles apprennent que les femmes sont égales aux hommes et qu'elles n'ont pas à couvrir leurs cheveux pour être modestes et, par conséquent, qu'elles ne reçoivent pas de signaux contraires de la part de leurs enseignantes.

11. Je ne veux pas non plus que mes filles adhèrent à l'idée de modestie véhiculée par la demanderesse pour devoir se soustraire à la convoitise des hommes en portant un signe religieux comme celui porté par la demanderesse.

12. L'obligation invoquée par la demanderesse de porter par conviction un signe religieux sous la forme d'un hijab pour cacher une partie de son corps est contraire au principe d'égalité des deux sexes et à mes convictions morales.

13. La volonté de la demanderesse de porter son signe religieux par modestie pour enseigner dans une école publique est également une atteinte à la dignité des hommes et au principe de l'égalité des deux sexes.

14. Il m'apparaît évident que l'instruction de mes enfants dans un tel contexte porterait inévitablement atteinte à mon droit fondamental d'assurer leur éducation morale conformément à mes convictions, dans le respect de leurs droits et de leurs intérêts.

15. Je conteste donc la demande pour invalider en tout ou en partie la *Loi sur la laïcité de l'État* dont l'un des objets est de garantir à mes enfants un environnement respectueux de leur liberté de conscience à l'école dont le préambule reconnait l'importance de l'égalité entre les femmes et les hommes.

PARENT 5.

Je, soussigné, XXX, résidant et domicilié au XXX à Montréal, déclare solennellement :

1. Je me porte intervenant en l'instance.

2. J'ai pris connaissance de l'acte d'intervention daté du 17 décembre 2019 et notamment de ses paragraphes 11 à 26 lesquels sont vrais et sincères comme s'ils étaient ici récités au long.

3. Mon fils et ma fille sont âgés de 10 et 6 ans respectivement et ils sont inscrits à une école publique laïque de la Commission scolaire de Montréal.

4. Vu leur jeune âge, ils sont vulnérables et ils reconnaissent l'autorité morale et disciplinaire de leurs enseignants à l'école.

5. Les enseignantes sont des modèles pour leurs élèves et mon fils a une enseignante voilée une journée par semaine.

6. Je suis particulièrement préoccupé de l'exemple transmis par cette enseignante malgré les compétences qu'elle peut avoir.

7. J'ai choisi avec mon épouse d'inscrire nos enfants à l'école publique laïque et notre décision a été prise dans l'intérêt et dans le respect des droits de nos enfants.

8. Nous avons pris en considération, outre les besoins moraux, intellectuels, affectifs et physiques de nos enfants, leur âge, leur santé, leur caractère, leur milieu familial et l'aspect fondamental dans lequel nous voulons les éduquer et les faire instruire et notamment dans le respect de l'égalité entre les hommes et les femmes.

9. De concert avec ma conjointe dans l'exercice de notre autorité parentale et dans le respect de nos convictions morales profondes, je refuse que nos enfants soient exposés à la transmission de valeurs contraires au principe de l'égalité entre les hommes et les femmes.

10. J'ai pris connaissance des déclarations sous serment produites par la demanderesse et les autres déclarantes en juin 2019, de même que des nouvelles déclarations sous serment produites à la Cour d'appel en septembre 2019.

11. La demanderesse et les autres déclarantes affirment porter le hijab ou voile islamique, de même que le niqab, parce qu'elles sont de confession musulmane. Pourtant, bien des femmes du corps enseignant sont aussi musulmanes et ne portent pas le voile islamique.

12. Pour la demanderesse, il s'agit ici d'une manière de faire du militantisme religieux au nom des femmes qui portent le hijab.

13. Plusieurs déclarent porter le hijab en signe de modestie et par pudeur et refusent catégoriquement d'enlever leur voile à l'école publique.

14. Elles oublient qu'elles portent un signe religieux qui renvoie le message aux élèves qu'une femme doit se voiler pour être modeste et pudique.

15. À titre de parent, je ne peux accepter qu'une personne à qui est déléguée par la loi une partie de mon autorité parentale puisse transmettre à l'école un tel message à mes deux enfants.

16. Je considère que le port du voile islamique ou du niqab est lourd de sens autant pour la demanderesse et les déclarantes que pour les enfants innocents et fragiles sur lesquels elles sont en position d'autorité.

17. Vu leur jeune âge, je ne veux pas que mon fils puisse être amené à penser que sa sœur devrait un jour porter un hijab comme le fait une enseignante de son école, non plus que ma fille puisse un jour adhérer à l'idée qu'elle doive porter un voile pour demeurer modeste et pudique alors que son frère n'aura jamais une telle obligation.

18. Je m'oppose donc à ce que soient transmises à mes enfants des valeurs morales suggérées par des signes reli-

gieux portés par des membres du personnel enseignant et qui sont contraires à mes propres valeurs.

19. Et dans le cas du voile islamique, l'obligation invoquée par la demanderesse de porter par conviction un signe religieux sous la forme d'un hijab dont l'objet est de cacher ses cheveux pour être modeste et pudique est contraire au principe d'égalité des deux sexes et à mes convictions morales et philosophiques alors qu'un homme n'a pas cette obligation.

20. J'ai choisi de vivre au Québec pour des raisons avant tout d'affinité avec les valeurs du peuple qui s'y trouve. En effet, originaire de l'Algérie, j'ai été aux premières loges pour voir les relations hommes-femmes régentées par la mouvance religieuse islamiste, à travers les années, la situation de la femme se dégrader de plus en plus, et le hijab, imposé de gré ou de force jusqu'à la violence physique, voir le massacre.

21. Afin donc de m'affranchir de la chape de plomb sociale que constitue l'islamisme, et dont le voile islamique en est l'étendard, j'ai choisi le Québec pour fonder une famille et inculquer à mes enfants des valeurs d'égalité entre les hommes et les femmes, ce que l'islam et les autres religions ne reconnaissent pas.

22. De plus, le fait pour une enseignante de croire qu'elle doit se voiler les cheveux pour protéger sa pudeur en me rencontrant lors des réunions de parents à l'école est une atteinte à ma dignité d'homme, comme si j'étais un prédateur potentiel au lieu d'une personne qui respecte la dignité d'une femme.

23. Dans l'école publique laïque fréquentée par mes enfants, le personnel enseignant se doit d'adopter un comportement neutre en matière religieuse à l'égard de mes enfants et qu'il n'interfère pas dans mon éducation morale auprès de mes enfants.

24. Je n'ai aucune opposition à ce que la demanderesse et les enseignantes de confession musulmane puissent enseigner à mes enfants si elles respectent la *Loi sur la laïcité de l'État*. Bien que je sois en désaccord avec la clause de droits acquis de la Loi, je ne veux d'aucune façon que la situation s'aggrave si la Loi était invalidée.

25. Je conteste donc la demande pour invalider en tout ou en partie la *Loi sur la laïcité de l'État* dont l'un des objets est

que l'État garantisse à mes enfants un environnement neutre et respectueux de leur liberté de conscience à l'école.

PARENT 6.

Je, soussigné, XXX, résidant au XXX à Mont-Saint-Hilaire, déclare solennellement :

1. Je réside avec mon épouse sur le territoire de la Commission scolaire des Patriotes (maintenant centre de services éducatifs).
2. Nous avons une enfant d'âge scolaire qui est inscrite et fréquente une école secondaire de cette commission scolaire.
3. Nous avons choisi d'inscrire notre enfant à cette école publique laïque et notre décision a été prise dans son intérêt.
4. Nous avons pris en considération, outre les besoins moraux, intellectuels, affectifs et physiques de notre enfant, son âge, sa santé, son caractère, son milieu familial et l'aspect fondamental dans lequel nous voulons l'éduquer et la faire instruire et notamment dans le respect de l'égalité entre les hommes et les femmes;
5. De concert avec mon épouse et dans l'exercice de notre autorité parentale et le respect de nos convictions morales profondes, je m'oppose à ce que notre fille soit exposée à la transmission, explicite ou implicite, de valeurs religieuses contraires au principe de l'égalité entre les hommes et les femmes.
6. Je m'oppose donc à ce que ma fille puisse être exposée à des valeurs représentées par des signes religieux portés par des membres du personnel enseignant à l'école et que je considère en totale contradiction avec mes convictions dont celle de l'égalité entre les hommes et les femmes.
7. Je suis moi-même enseignant au niveau CEGEP et je sais par expérience personnelle qu'un enseignant sert de modèle à ses élèves même à ce niveau, et je ne souhaite pas que ma fille soit témoin à l'école secondaire du port de signes religieux par de membres du personnel enseignant susceptibles de lui transmettre des valeurs religieuses contraires à celles de ma famille.
8. Je ne veux surtout pas que ma fille puisse être amenée à penser qu'elle doive un jour porter des signes religieux semblables à ceux de la demanderesse pour faire preuve de

modestie ou de pudeur et ainsi se soustraire à la vue des hommes.

9. Je constate que la volonté de la demanderesse de porter son signe religieux par modestie pour enseigner dans une école publique est une atteinte à la dignité des hommes qui s'y trouvent et au principe de l'égalité des deux sexes.

10. Il m'apparaît évident que l'instruction de ma fille dans un tel contexte porterait inévitablement atteinte à mon droit fondamental d'assurer l'éducation morale de mon enfant conformément à mes convictions et dans le respect de ses droits et de son intérêt.

PARENT 7.

Je, soussigné, XXX, résidant au XXX à Montréal, déclare solennellement :

1. Je réside actuellement avec ma conjointe sur le territoire de la Commission scolaire de Montréal, devenue maintenant un centre de services.

2. Nous avons une fille de treize ans qui est inscrite et fréquente une école secondaire de ce centre de services.

3. Nous avons choisi d'inscrire notre enfant à cette école publique laïque et notre décision a été prise dans son intérêt et dans le respect de son droit à l'instruction publique gratuite.

4. Nous avons pris en considération, outre les besoins moraux, intellectuels, affectifs et physiques de notre enfant, son âge, sa santé, son caractère, son milieu familial et l'aspect fondamental dans lequel nous voulons l'éduquer et la faire instruire et notamment dans le respect de l'égalité entre les hommes et les femmes.

5. Je m'oppose à ce que soient transmises à notre enfant des valeurs morales représentées par des signes religieux que pourraient porter des membres du personnel enseignant à l'école.

6. Je suis particulièrement inquiet pour mon enfant de cette volonté de la demanderesse et des autres personnes qui ont souscrit des déclarations sous serment dans ce dossier de porter leurs symboles religieux à l'école publique.

7. Je suis le père d'une adolescente et je tiens absolument à ce qu'elle vive pleinement, dans ses rapports avec les autres

dans son milieu scolaire, une expérience sans ambiguïté en ce qui concerne l'égalité entre les hommes et les femmes.

8. Je ne veux pas que mon enfant soit témoin ou soit exposé au port de signes religieux par des membres du personnel enseignant responsable de transmettre des valeurs à leurs élèves.

9. Je ne veux pas que ma fille puisse être amenée à penser qu'une élève de son école devrait un jour porter des signes religieux semblables à ceux de la demanderesse, non plus qu'elle puisse un jour adhérer à des valeurs religieuses représentées par de tels signes qui sont contraires aux valeurs de ma fille et tant qu'elle sera mineure et sous mon autorité parentale.

10. Je crois fermement que l'obligation invoquée par la demanderesse de porter par conviction un signe religieux sous la forme d'un hijab pour cacher une partie de son corps est contraire au principe d'égalité des deux sexes et à mes convictions morales.

11. Je ne veux pas non plus que ma fille adhère à l'idée de modestie véhiculée par la demanderesse et les autres déclarantes pour devoir se soustraire à la convoitise des hommes en devant porter un signe religieux comme le hijab ou le niqab.

12. Il m'apparait évident que l'instruction de mon enfant dans un tel contexte porterait inévitablement atteinte à mon droit fondamental d'assurer l'éducation morale de mon enfant conformément à mes convictions.

13. Je suis d'avis que, dans une école publique laïque, le personnel enseignant a l'obligation d'adopter un comportement neutre à l'égard des élèves et que la pratique religieuse par le personnel enseignant ou par la direction n'y a pas sa place.

14. L'État ne peut permettre à des membres de son personnel enseignant de ne pas respecter le principe de la laïcité dans l'école publique fréquentée par mon enfant.

15. Bien que je ne partage pas les convictions religieuses de la demanderesse, celle-ci est entièrement libre de s'y adonner ailleurs qu'à l'école que fréquente ma fille et je ne m'oppose d'aucune façon comme parent à ce que la demanderesse puisse enseigner à l'école publique si elle respecte la Loi.

16. Je conteste donc la demande pour invalider en tout ou en partie la *Loi sur la laïcité de l'État* dont l'un des objets est de garantir à mon enfant un environnement respectueux de sa liberté de conscience à l'école.

ANNEXE 2

Rapport d'expertise du groupe
Pour les droits des femmes du Québec (PDF)

Présenté à
Me Christiane Pelchat

par
Yolande Geadah
Chercheure indépendante
Experte de la situation des femmes
dans la culture arabo-musulmane
Mars 2020

Présentation de l'auteure et méthodologie

1- Je suis originaire d'Égypte et chercheure indépendante, membre de l'Institut de recherche et d'études féministes (IREF) de l'UQAM. J'ai travaillé durant une trentaine d'années dans le milieu de la coopération internationale, comme consultante et chargée de projets, spécialisée dans le développement de stratégies visant à favoriser l'égalité des sexes. J'ai travaillé entre autres durant trois ans en Égypte, auprès des jeunes et des femmes, dans le cadre de projets canadiens de développement.

2- J'ai développé au cours de ma carrière une expertise concernant la situation des femmes dans la culture arabo-islamique, et les effets de l'intégrisme religieux sur la discrimination à l'encontre des femmes. J'ai publié, entre autres, un essai sur les femmes voilées et l'intégrisme (1996 et 2001), et un autre sur les accommodements raisonnables (2007). J'ai réalisé trois recherches, publiées comme avis du Conseil du statut de la femme, portant sur la polygamie (2010), la prostitution (2012), et les crimes d'honneur (2013).

3- L'exposé qui suit est basé sur une analyse sociologique et politique incluant un bref retour historique, dans une perspective féministe. Mon analyse est également basée sur ma connaissance du terrain, ainsi que sur mes recherches et mes écrits. Une partie des sources documentaires ayant nourri cette analyse se trouve en annexe.

4- Je commencerai par expliquer pourquoi la restriction de signes religieux n'est pas discriminatoire à l'égard des femmes ni à l'égard des minorités. Puis, en me basant sur le contexte de la sécularisation de la société québécoise et de la déconfessionnalisation scolaire, je soulignerai l'importance de l'exigence de neutralité religieuse dans le domaine de l'enseignement. Ensuite, en me basant sur l'analyse des discours religieux en langue arabe qui prônent le voile, j'expliquerai le sens du voile dit islamique et pourquoi ce symbole soulève partout la controverse. Et enfin, je soulignerai le contresens de l'argument du «libre choix», souvent invoqué en lien avec le voile, et l'importance de préserver l'école publique de toute ingérence des normes religieuses, qui sont souvent contraires à l'égalité des sexes.

Selon vous, la restriction de signes religieux dans certaines fonctions est-elle discriminatoire à l'égard des femmes et des minorités?

1- Restriction de signes religieux et discrimination

5- La loi québécoise sur la laïcité de l'État, incluant la restriction de signes religieux dans certaines fonctions (art. 6) et l'obligation de visage découvert (art. 8), ne vise aucune religion particulière ni aucune communauté, et la restriction s'applique aux hommes comme aux femmes. **Ce sont certaines croyances et certaines pratiques religieuses qui sont discriminatoires à l'égard des femmes, non pas la loi.**

6- Toutes les religions étant issues de sociétés patriarcales[198], elles ont eu tendance à sacraliser certaines pra-

---

[198] Comme l'affirme l'ECOSOC, Conseil économique et social des Nations Unies, «Les religions, y compris les religions monothéistes, sont généralement nées dans des sociétés patriarcales où la polygamie, la répudiation, la lapida-

tiques, telle l'obligation pour les femmes de porter le hijab à l'exclusion des hommes. La restriction de signes religieux place donc les deux sexes sur un pied d'égalité.

7- En outre, nous arguons que **cette loi ne touche pas à la liberté de conscience**, mais au contraire la protège face aux courants politiques qui instrumentalisent la religion pour promouvoir des idéologies liberticides au sein des communautés minoritaires.

8- Rappelons qu'**aucune religion n'exige le port de signes religieux, pas même l'islam**. Il ne s'agit ni d'un dogme ni d'une obligation inscrite dans un livre sacré, mais d'une coutume, basée sur des interprétations humaines qui varient grandement dans le temps et selon les contextes dont on ne peut faire abstraction. La pratique du voilement n'est pas un choix vestimentaire anodin, mais s'inscrit dans un rapport à la norme religieuse qu'il faut comprendre.

9- Aujourd'hui, au Québec comme au Canada, la vaste majorité des croyants et des croyantes, y compris les membres des minorités incluant les musulman.ne.s, ne portent pas de signes religieux, sans pour autant renoncer à leur foi. Il semble que, pour la plupart des personnes qui en portent, l'abandon de tels signes durant quelques heures dans le cadre de leurs fonctions, ne poserait pas de problème. Dès l'adoption de la nouvelle loi, quatre enseignantes nouvellement embauchées par la CSDM ont accepté de retirer leur hijab pour se conformer à la loi, et une seule a refusé de le faire, préférant se conformer à une norme religieuse[199].

10- Ensuite, les restrictions prévues par cette loi sont circonscrites dans le temps et dans l'espace. Il n'est nullement question ici d'interdire les signes religieux dans l'espace public en général, mais uniquement dans certaines fonctions. **Il s'agit donc de restrictions partielles et mesurées.** Cette loi ne stigmatise aucunement la pratique du port de

---

tion, l'infanticide, etc. étaient des pratiques courantes et où les femmes étaient considérées comme des êtres impurs, vouées aux destins secondaires d'épouses, de mères, voire de signes extérieurs de richesse. », cité dans *Affirmer la laïcité, un pas de plus vers l'égalité réelle entre les femmes et les hommes*, Conseil du statut de la femme, Québec 2011, p. 16.

[199] Radio-Canada, 17 avril 2019. « Des enseignantes musulmanes défendent le projet de loi sur la laïcité », https://ici.radio-canada.ca/nouvelle/1164904/enseignantes-musulmanes-non-voilees-projet-loi-laicite

signes religieux. Mais certaines fonctions ayant un rapport spécial à l'autorité exigent un devoir de réserve et de neutralité religieuse et politique. C'est notamment le cas de l'enseignement.

11- Quant à l'impact différencié de la loi sur certaines communautés, il résulte non pas de l'exigence de neutralité dans certaines fonctions, mais au contraire des exigences d'une conception religieuse intégriste, qui n'a pas sa place dans une institution comme l'école.

Pourquoi estimez-vous nécessaire l'exigence de neutralité religieuse (en contenu et en apparence) de la part des enseignant.e.s à l'école publique?

2- L'importance de la neutralité religieuse à l'école publique

12- **L'école est une institution structurante de la société, où l'enfant entre en contact avec la société et donc avec la citoyenneté.** Comme le faisait remarquer judicieusement le journaliste Pierre Foglia, la restriction de signes religieux chez les enseignant.e.s à l'école publique est primordiale, davantage même que dans le système juridique, carcéral ou policier, car la majorité des citoyen.ne.s sont en contact avec l'école. Cette dernière étant obligatoire, elle touche un grand nombre d'enfants et de parents, tandis qu'une minorité de citoyens seulement aura un jour affaire avec le système juridique, carcéral ou policier. Foglia soulignait alors que l'école est « le lieu de conjugaison non pas des différences, mais des humanités », et que l'espace civique de l'école n'a pas à être confessionnalisé ou ethnicisé[200].

13- Il faut situer la loi sur la laïcité dans le contexte québécois, marqué par la déconfessionnalisation des écoles publiques et la sécularisation de la société. Rappelons qu'en 1999, la Commission des droits de la personne du Québec était en faveur du retrait du crucifix des écoles publiques, estimant que ce symbole chrétien est contraire au droit des parents d'éduquer leurs enfants selon leurs propres convic-

---

[200] Pierre Foglia, « La laïcité ouverte », *La Presse,* 24 mai 2008.

tions. D'autant plus que les élèves représentent un public captif et mineur influençable[201].

14- Ainsi, le retrait du crucifix, un symbole accroché au mur des écoles, a été imposé au nom du pluralisme religieux et de la liberté de conscience des élèves et des parents. **On peut donc arguer qu'un symbole porté par une enseignante, avec laquelle les enfants interagissent toute la journée, aurait un effet beaucoup plus important sur les élèves.**

15- Il serait incohérent d'exempter les minorités du respect des mêmes règles de neutralité religieuse déjà appliquées à la majorité de tradition catholique.

16- De plus, le risque de prosélytisme lié au port de signes religieux n'est pas qu'hypothétique. En témoignent les deux affidavits[202] soumis par le groupe Pour les droits des femmes (PDF), illustrant les pressions exercées sur des fillettes musulmanes, par des éducatrices portant le voile à l'école, pour les pousser à se conformer à leurs normes religieuses. On constate que les pressions exercées sur les filles des deux témoins sont perturbantes et nuisent à leur équilibre. Soulignons que ces deux mères courageuses ont osé dénoncer de telles pressions, mais que d'autres n'osent pas faire de vagues, par crainte de l'ostracisme pour elles ou leurs enfants. **On peut donc arguer que le gouvernement et l'école ont le devoir de ne pas encourager les pressions religieuses sur les enfants, et de respecter le choix des parents de ne pas divulguer leur appartenance ou non à une religion.**

17- En outre, **il faut cesser de considérer les musulmans comme étant une communauté homogène**[203].

---

[201] Commission des droits de la personne et des droits de la jeunesse du Québec, *Document de réflexion : la Charte et la prise en compte de la religion dans l'espace public*, 2008, p.19-20.

[202] Affidavit soumis par PDF. Déclaration sous serment de XXX et celle de XXX.

[203] Lettre collective, « Manifeste pour un islam de liberté et de citoyenneté », *Le Devoir*, 21 février 2017, dans laquelle les auteurs affirment « Nous déplorons le détournement de la foi musulmane par les courants de l'islam politique présents à l'échelle internationale, et nous contestons leur prétention de représenter les musulmans du Québec. »

Dans les faits, les musulmans issus de l'immigration proviennent de sociétés et de cultures diverses, et ont des rapports très diversifiés à la foi et aux pratiques religieuses. Si certains s'opposent à la loi sur la laïcité, un grand nombre l'appuient[204]. Comme d'autres croyants, chrétiens, juifs ou autres, la plupart d'entre eux n'affichent pas leur religion et sont prêts à respecter la Loi.

18- Cette législation revêt une importance capitale à leurs yeux. Un grand nombre d'immigrant.e.s de confession musulmane ont fui leur pays pour échapper à l'intégrisme islamique, source de nombreux conflits dans leur pays d'origine. C'est pourquoi plusieurs parents musulmans, comme les témoins de PDF, ont exprimé leur réticence à confier leurs enfants à une enseignante arborant le hijab, associé à l'intégrisme qu'ils ont fui[205]. De nombreuses femmes musulmanes québécoises appuient également l'interdiction du niqab[206]. Dans plusieurs pays à majorité musulmane, un nombre croissant d'hommes et de femmes se mobilisent pour résister à l'intégrisme islamique et pour revendiquer la laïcité, au risque de leur sécurité et parfois de leur vie[207].

Quel est le sens du voile islamique et de la controverse qui l'entoure?

3- Le voile : un symbole lourd de sens

19- Il est essentiel de comprendre **les enjeux sociopolitiques** sous-jacents à la controverse entourant les signes religieux, souvent axée sur le voile dit islamique. L'ignorance de

---

[204] Tarek Fatah, « Why some Canadian Muslims celebrated the Quebec hijab ban », *The Toronto Sun*, June 18, 2019.
Voir aussi : Simon Nakonechny, « Quebec's Religious Symbols Ban Welcomed by Some Who Left Muslim Countries Behind », CBC News, April 10, 2019.

[205] Lettre ouverte collective au ministre de l'éducation, « Pour le respect de la liberté de conscience de nos enfants », *La Presse*, 29 août 2019.

[206] « Lettre ouverte aux féministes québécoises qui s'opposent à l'interdiction du niqab », *La Presse*, 8 novembre 2017.

[207] Voir à ce sujet Karima Bennoune, *Your Fatwa Does Not Apply Here. Untold Stories From the Fight Against Muslim Fundamentalism*, W.W. Norton & Co. Inc., New York, London, 2013.

la dimension politique de ce symbole nous égare et nous plonge dans des débats stériles, qui font le jeu des groupes intégristes. Si le voile soulève de vives controverses, non seulement en Occident mais également dans les sociétés musulmanes, c'est qu'il est promu par un courant idéologique réactionnaire, situé à l'extrême droite religieuse.

20- **Les justifications théologiques du voile** sont minces et depuis longtemps contestées. En réalité, aucun verset coranique ne mentionne l'obligation de cacher les cheveux des femmes et encore moins leur visage. Le Coran, seul texte sacré de l'islam, incite simplement les femmes, tout comme les hommes, à s'habiller modestement[208]. Je ne m'étendrai pas là-dessus. Mentionnons simplement que plusieurs penseurs musulmans, comme par exemple Mohamed Talbi, historien et islamologue tunisien très respecté, affirment que **le voile n'est pas musulman mais patriarcal**[209].

21- **Historiquement, le voile des femmes n'avait rien de religieux.** Il s'agit d'une coutume qui précède l'apparition de l'islam au VIIe siècle, comme en témoignent les peintures de scènes bibliques montrant des femmes portant un voile sur la tête.

22- En Égypte, le voile traditionnel avait pratiquement disparu, au début du XXe siècle, avec l'accès des femmes à l'éducation et à l'emploi. Ainsi, dans les années 1950 et 1960, les épouses et les filles des plus grands chefs religieux musulmans de l'Université islamique al-Azhar ne portaient pas de voile. Et, dans la plupart des pays musulmans, comme la Tunisie, l'Algérie et bien d'autres, le voile traditionnel a été graduellement abandonné avec l'évolution des mœurs. **Mais le voile dit islamique, le hijab, a peu à voir avec ce voile traditionnel, aux formes diversifiées selon les régions, qui était autrefois porté sans contrainte ni signification religieuse.**

---

[208] Ali Daher, 2010. « Le hijab est-il une prescription pour toutes les musulmanes? », disponible sur le web : http://classiques.uqac.ca/

[209] Mohamed Talbi, cité dans « Laïcité : non au voile », entrevue avec Wassyla Tamzali, réalisée par Marie-Hélène Proulx, *Châtelaine*, décembre 2013. D'autres penseurs incluant des féministes musulmanes, soutiennent aussi que le hijab n'a rien de spirituel, tels Malek Chebel, Nawal El Saadaoui, Fatima Mernissi, Wassyla Tamzali, Karima Bennoune et d'autres.

3.1 Le voile lié à l'intégrisme islamique

23- Le phénomène du voile dit islamique est relativement récent. Il est lié à l'influence du courant salafiste qui se revendique des *Salafs*, terme désignant les pieux ancêtres que sont les compagnons du prophète. Autrefois considéré marginal, voire même hérétique, ce courant est devenu dominant.

24- Dans mon premier essai qui porte sur le voile (1996, 2001), j'explique le processus par lequel des groupes d'inspiration salafiste ont réussi à imposer leur vision rigoriste de l'islam, au détriment des courants rationalistes plus tolérants ayant prévalu au cours des siècles passés[210].

25- Sous couvert d'éducation religieuse, d'activités culturelles, sportives, syndicales, professionnelles et autres, ces groupes ont réussi, grâce à l'appui financier des monarchies pétrolières, à pénétrer tous les milieux pour diffuser leur idéologie réactionnaire. Les salafistes visent l'instauration d'un modèle théocratique, incluant l'application rigoureuse de la Charia (ensemble de lois islamiques). Ils insistent sur l'obligation du port du voile, la soumission des femmes et la séparation des sexes dans l'espace public, qui sont des éléments centraux de l'ordre social qu'ils préconisent.

26- C'est à partir des années 1970, après la crise du pétrole de 1973 qui a décuplé le pouvoir d'influence de l'Arabie saoudite, que le courant salafiste wahhabite (issu de ce pays) a propagé le port du hijab. Cette tendance s'est renforcée avec la victoire de la révolution iranienne de 1979. Dans ces deux pays, les femmes sont forcées de porter le voile sous peine de prison et parfois de flagellation.

27- Grâce aux pétrodollars, l'influence des groupes salafistes s'est graduellement étendue à tous les pays musulmans. C'est alors que le port du hijab a été imposé à divers degrés aux femmes. Au cours des dernières décennies, l'activisme politicoreligieux de ces groupes s'est déployé dans les pays occidentaux, au sein des populations musulmanes issues de l'immigration. Aujourd'hui, l'enseignement religieux islamique est profondément imprégné du salafisme et s'inspire directement de prédicateurs saoudiens ou du Moyen-Orient,

---

[210] Voir chapitres 5 et 6 dans mon essai intitulé *Femmes voilées, intégrismes démasqués*, Montréal, VLB éditeur, 1996, 2001.

tel que l'ont souligné Rougier et d'autres islamologues[211]. Cette tendance est à l'origine des revendications controversées dans les pays européens et ailleurs.

28- Au Québec, cette tendance a suscité **la crise des accommodements raisonnables**, que j'ai analysée dans mon dernier essai (2007). Qu'il s'agisse du port du hijab à l'école, de la séparation des sexes dans les salles de cours, d'horaires séparés dans les piscines, ou encore du refus de traiter avec une personne du sexe opposé, ces revendications ont peu à voir avec la foi et la liberté religieuse. Le concept juridique canadien d'accommodement raisonnable, appliqué à ces demandes, a eu des effets pervers.

29- Reconnaître à quelques-uns le droit de se soustraire aux règles communes à cause de leurs croyances, encourage l'enfermement identitaire ethnicoreligieux. De plus, cela a pour effet de brimer les aspirations à l'émancipation des diktats religieux des femmes issues des minorités. Mon analyse dans cet essai m'amenait à conclure que pour respecter le principe d'égalité des sexes et favoriser l'intégration des minorités plutôt que leur ghettoïsation, **le droit à la différence ne doit pas mener à la différence des droits.**

30- En dépit d'une attitude de déni de certains chercheurs, il est largement admis que **le voile dit islamique est un symbole politique et identitaire lié au mouvement salafiste**. Ce symbole lourd de sens incarne et renforce l'emprise du pouvoir religieux, et encourage le communautarisme au détriment de la citoyenneté. C'est pourquoi plusieurs pays européens, et certains pays musulmans, ont adopté des législations interdisant le port du hijab ou du niqab au sein des institutions de l'État[212]. **Ces mesures visent à affirmer la souveraineté de l'État et le refus de l'ingérence de normes religieuses au sein de ses institutions.**

---

[211] *Les territoires conquis de l'islamisme*, sous la direction de Bernard Rougier, PUF, 2020.

[212] David Rand (2019), « Données sur les pays ayant adopté des restrictions sur les signes religieux et couvre visage », disponible sur le web.

3.2 Le voile : symbole sexiste associé à la pudeur féminine

31- Dans mes écrits, j'ai analysé les discours religieux dominants en faveur du voile dit islamique. Ces discours misent sur un double argument. Le premier consiste à sacraliser le voile, présenté comme une obligation religieuse absolue, selon une interprétation souvent contestée de certains versets du Coran. Le second consiste à imposer le voile moralement, comme symbole de la pudeur féminine.

32- **L'obligation morale du voile** est justifiée par des principes de pudeur (*hichma*) et la nécessité de cacher le corps féminin, considéré source de tentation et de souillure (*aoura*), qu'il faut soustraire à la vue des hommes pour ne pas attiser leur concupiscence, qui peut mener au désordre et au chaos social (*fitna*).

33- **Le corollaire de cette vision sexiste**, c'est que toutes les femmes non voilées sont jugées immorales et impudiques, et parfois associées aux prostituées. Dans les prêches populaires en langue arabe que j'ai analysés, les femmes non voilées sont menacées de brûler éternellement dans les feux de l'enfer, où elles devront subir les pires châtiments. Elles sont aussi qualifiées de « mauvaises » musulmanes, accusées d'inciter les hommes à la débauche, de briser des ménages, et sont tenues responsables des agressions subies, souvent attribuées à leur tenue vestimentaire jugée indécente.

34- Dans ce discours religieux, les termes utilisés pour parler des femmes non voilées sont péjoratifs et dénigrants. Ils renvoient à la nudité, à l'indécence et à l'immoralité. Le terme à connotation d'indécence couramment utilisé en arabe est celui de « *Mutabarréjat* », qui signifie littéralement « exhibitionnistes ». Ainsi, **le voile sacralisé ou normalisé, comme symbole de pudeur féminine, devient un élément distinctif permettant la discrimination entre les femmes vertueuses, dignes de respect, des autres.** C'est d'ailleurs là une des raisons pour lesquelles plusieurs musulmanes, comme les deux témoins de PDF, ne veulent pas que leurs filles (ou garçons) aient une enseignante portant le hijab.

35- Il existe aujourd'hui plusieurs versions du voile dit islamique. Certaines femmes adoptent une version austère ou moderne du voile, le **hijab**, qui peut être coloré et parfois porté avec un jeans moulant ou des vêtements très modernes. D'autres adoptent une sorte de hijab plus long, nommé **khimar**, généralement de couleur sombre, cachant également le cou, les épaules et le haut du corps. Ce dernier est parfois accompagné d'un vêtement ample et long, nommé **jilbab**, couvrant tout le corps, à l'exception du visage. Toutes ces versions laissent le visage découvert. Faisant de la surenchère sur la pudeur exigée des femmes, les plus rigoristes préconisent le port du **niqab** (ou burqa), qui cache tout le corps et le visage, à l'exception des yeux. Le niqab est supposé conférer aux femmes qui le portent un degré de moralité supérieur à celles qui se contentent du hijab, établissant ainsi une hiérarchie entre les femmes, basée sur la rigueur morale du voile adopté.

36- Peu importe sa forme, la justification sociale du voile est fondée sur l'idée que la femme est un objet sexuel et essentiellement une tentatrice, qu'il faut cacher pour ne pas attiser le désir des hommes. Le niqab nie en plus l'identité sociale de celle qui le porte, et entrave la communication, contribuant ainsi à la déshumanisation des femmes.

37- Au-delà de l'obligation de porter le voile, qui vise le contrôle de la sexualité féminine, les discours qui le promeuvent insistent sur de nombreuses restrictions imposées aux femmes, au nom d'une interprétation intégriste de l'islam. Ces discours façonnent les rapports sociaux entre les sexes, mais également entre musulmans et non-musulmans.

38- Cela ne signifie pas que toutes celles qui le portent soient contraintes ou soumises, ni qu'elles adhèrent nécessairement à l'idéologie du mouvement intégriste qui promeut le voile. Mais l'adoption du voile sous toutes ses formes valide ce discours. Au cours des dernières décennies, **partout où le port du voile dit islamique a progressé, les droits des femmes ont régressé.**

39- Bien que les conditions des femmes qui portent le voile varient selon les contextes, ce symbole n'est pas réductible aux justifications individuelles. Comme tout symbole, le sujet parlant ne peut pas en changer le sens, une fois qu'il a été établi dans un groupe[213]. Qu'il soit adopté sous la contrainte ou volontairement, par ferveur religieuse, par modestie, ou par désir d'affirmation identitaire, le voile est tout sauf un symbole de liberté. Le voile repose sur une logique patriarcale, sexiste et misogyne. **Ce symbole polysémique et l'idéologie qui l'accompagne portent atteinte à l'intégrité et à la dignité de toutes les femmes.**

Que pensez-vous de la revendication du « libre choix » de porter le voile?

4- Contrainte ou libre choix?

40- Compte tenu de tout ce qui précède, il est pour le moins ironique d'entendre certaines féministes occidentales et certains groupes progressistes, se porter à la défense du voile et du niqab, sous prétexte de respecter le « libre choix » des femmes musulmanes. **L'absurdité d'un tel argument relève du détournement de sens et du déni de réalité.**

41- Le courant féministe intersectionnel, qui rejette le concept d'universalité des droits humains et invoque « l'agentivité[214] » des femmes pour soutenir la revendication du voile et du niqab, fait fausse route. Après tout, les militantes au sein des mouvements de l'extrême droite, qui s'attaquent aux acquis des femmes, font-elles aussi preuve « d'agentivité ». Cela n'en fait pas une cause féministe ou progressiste qu'il faut soutenir à tout prix. On ne peut nier que celles qui militent en faveur du voile adoptent une logique patriarcale et non pas féministe.

42- Si on s'en tient aux faits, on constate que **la propagation du voile dit islamique est entachée de sang**. L'histoire récente nous montre que dans les pays musulmans, nombre de femmes qui refusent de porter le voile sont tuées, battues, violées, vitriolées, répudiées, emprisonnées, insultées, séquestrées, menacées de mort si elles ne se conforment pas.

43- Deux petits exemples : aujourd'hui encore, des jeunes femmes iraniennes ayant osé braver l'interdit d'ôter leur voile

---

[213] Ferdinand de Saussure, « Signe – Signifiant – Signifié », *Cours de linguistique générale*, Ed Payot, 1964, p. 98-101.

[214] Le concept d'agentivité (qui vient de « Agency », en anglais), désigne la capacité des individus à être des agents actifs de leur propre vie.

en public se retrouvent en prison, tout comme l'avocate pourtant voilée qui les a défendues[215]. En Algérie, des femmes affirment être menacées de perdre leur emploi si elles ne portent pas le voile. Récemment, des femmes algériennes ont lancé une campagne pour dénoncer les pressions sociales accrues en faveur du voile[216].

44- Parallèlement, des pressions morales « bienveillantes » poussent un grand nombre de musulmanes à adopter le voile. Aussitôt qu'elles le portent, elles sont adulées et inondées de marques d'affection par leur entourage qui les félicite et les conforte dans leur « choix ».

45- Conséquence des stratégies multiples misant sur la conviction, la pression et l'intimidation, plusieurs femmes finissent par céder aux pressions et par adopter le voile. Certaines finissent aussi par intégrer la norme de pudeur féminine imposée par les islamistes et la promeuvent à leur tour. Mais ce ne sont pas elles qui définissent cette norme. Et il n'est pas en leur pouvoir de la modifier.

46- En relisant les déclarations assermentées des deux témoins de PDF, il est évident que le port du voile par une personne en autorité peut dicter le « choix » d'une fillette de neuf ans. Visiblement, pour plaire à son éducatrice, l'une des fillettes affirmait qu'elle portera le voile au secondaire, ce à quoi son éducatrice a répondu « c'est correct ». On peut presque sentir le soulagement de la petite fille qui vient ainsi de recevoir la validation de l'autorité.

4.1 La mondialisation du discours qui promeut le voile

47- À l'ère de la mondialisation, les discours misogynes prônant le voile ne connaissent pas de frontières. Ces discours sont largement relayés à travers les prêches, les cours d'édu-

---

[215] C'est le cas de Nasrin Sotoudeh, avocate iranienne détenue en prison et condamnée, en mars 2019, à 33 ans de prison. Shaparak Shajarizadeh, l'une des iraniennes condamnées pour avoir ôté son voile a trouvé refuge au Canada et elle vient de publier un livre relatant son histoire, intitulé *La liberté n'est pas un crime*.

[216] Alain Chémali, « Algérie : des femmes en campagne contre le port du voile », Rédaction Afrique France Télévisions, 16/02/2019.

cation religieuse, les sites web, les vidéos, les cassettes et de nombreux écrits s'inspirant du salafisme, qui sont généreusement distribués par l'Arabie saoudite aux quatre coins du monde.

48- Selon les entrevues réalisées au Québec dans le cadre de ma recherche portant sur les crimes basés sur l'honneur, certaines jeunes femmes immigrantes nous ont avoué qu'elles étaient forcées par leur mari de porter le hijab, après leur arrivée au Canada, alors qu'elles ne le portaient pas auparavant[217].

49- Par ailleurs, certaines jeunes québécoises converties, ayant parfois épousé un musulman, ont adopté le hijab ou même le niqab. Quand leurs parents, les voyant étouffer sous leur voile en pleine canicule, leur demandent pourquoi elles ne l'enlèvent pas, celles-ci répondent : je préfère avoir chaud ici-bas que de brûler en enfer! Ce type de propos m'a été rapporté plus d'une fois par diverses sources. De plus, les termes péjoratifs dénigrant les femmes non voilées sont également rapportés au Québec. Cela montre bien qu'on retrouve ici comme ailleurs les échos des mêmes discours misogynes faisant la promotion du voile.

50- Bien que vivant dans les pays occidentaux où, en principe, elles ne sont pas obligées de le porter, plusieurs musulmanes finissent par adopter « volontairement » le voile pour retrouver le respect de leur entourage. Certaines m'ont avoué avoir adopté volontairement le hijab **après** leur divorce, pour garder l'estime de leurs propres enfants qui sont exposés à des discours en faveur du voile, à travers l'Internet ou autrement. On imagine mal l'immense courage nécessaire à celles qui continuent de résister au port du voile, malgré les pressions exercées dans certains milieux familiaux et communautaires.

4.2 Les répercussions sociales négatives liées au voile

51- Au Québec, Adil Charkaoui, un imam controversé, mais tout de même populaire auprès des jeunes, écrivait dans un tweet « Chère sœur, ton hijab est ta pudeur. Ton hijab est ta fierté. Ton hijab est ton jihad au quotidien. Allah te l'a

---

[217] Voir chapitre 3, *Les crimes d'honneur : de l'indignation à l'action*, Conseil du statut de la femme, Québec, octobre 2013, p. 56-63.

imposé... même si la terre entière s'y oppose, satisfait le créateur et ignore les créatures[218]. »

52- Ce type de discours est porté par des courants plus larges et semble avoir porté fruit. Ainsi, en 1996, lorsque j'ai publié mon livre sur le voile, seule une poignée de femmes et d'adolescentes portaient le hijab au Québec. Aujourd'hui, des milliers de femmes, d'adolescentes et de fillettes le portent, ce qui reflète nul doute les pressions exercées sur elles.

53- Récemment, les médias québécois ont rapporté la tenue à Montréal de « cérémonies du voile », au cours desquelles des fillettes de 8, 9 ou 10 ans, font le serment, devant Dieu et devant leurs parents, de porter le voile jusqu'à leur mort, sans jamais y renoncer[219]. Là encore, il est difficile de parler de « libre choix ».

54- De plus, une fois qu'on l'a porté, il n'est guère aisé de décider un jour d'ôter son voile. Les femmes qui ont osé le faire soutiennent qu'il est plus difficile de renoncer au voile que de ne pas le porter au départ, car leur geste est perçu comme une trahison par leur entourage. Elles subissent alors les pires insultes et du harcèlement[220].

55- Bien que certaines femmes et adolescentes affirment porter fièrement le voile par conviction profonde, et parfois en opposition à leur mari ou à leurs parents, cela ne change rien aux conséquences sociales négatives associées au voile.

56- Une fois admise, la normalisation du voile comme symbole de pudeur pousse les garçons, les adolescents et les hommes à manquer de respect envers les femmes non voilées, qu'elles soient d'ailleurs musulmanes ou pas. De plus, cette normalisation tend à sexualiser le corps de petites filles coiffées du hijab, comme si elles étaient responsables du regard concupiscent des garçons et des hommes sur elles.

57- Comme on l'a vu dans le cas des deux mères musulmanes ayant dénoncé les pressions subies par leurs fillettes à

---

[218] Cité par Joseph Facal, « Merci, Monsieur Charkaoui! », dans *Le Journal de Montréal,* 11 avril 2019.

[219] Isabelle Maher, « Une cérémonie du voile pour jeunes filles », dans *Le Journal de Montréal,* 2 mai 2014.

[220] On peut trouver de nombreux témoignages en ce sens sur la page Facebook intitulée : *Faithless hijabi.*

l'école primaire, ces pressions proviennent surtout des éducatrices du service de garde scolaire portant le hijab, mais également des autres fillettes voilées à l'école[221]. Cela n'a rien de surprenant. Et il est fort probable qu'il ne s'agisse pas de cas isolés. En effet, le voile fait partie intégrante d'une vision globale qui exige des fidèles la promotion des supposées normes religieuses, telles que définies par les islamistes. Ainsi, **le prosélytisme en faveur du voile repose en bonne partie sur celles qui le portent.**

58- Les exemples de ce prosélytisme ne manquent pas. Il provient de sources diverses. Certains parents m'ont avoué avoir retiré leurs enfants des cours du samedi offerts dans un centre communautaire de Montréal, destiné à leur enseigner la langue arabe. Ils avaient constaté que leurs enfants revenaient convaincus que leur mère non voilée était une « mauvaise » musulmane et qu'elle finirait en enfer. D'autres femmes m'ont confié avoir subi des pressions « amicales » de la part de certains collègues masculins de confession musulmane. Après avoir fait des remarques sur leurs vêtements trop moulants, ces derniers leur conseillaient d'adopter le voile pour être plus respectables. Ce genre de pressions « bienveillantes » mais paternalistes sont plus fréquentes qu'on ne l'imagine.

59- On voit ainsi que le symbole sexiste du voile ne concerne pas uniquement celles qui clament leur « libre choix » de le porter. La sacralisation et la normalisation du voile contribuent à restreindre le libre choix des musulmanes qui le refusent. Autrement dit, **la normalisation du voile va clairement à l'encontre de l'égalité des sexes et du respect de la dignité de toutes les femmes.**

4.3 Les violences basées sur l'honneur

60- Il serait naïf de croire que les violences sexistes associées à la promotion du voile soient totalement absentes au Québec et au Canada. Surtout s'il s'agit de très jeunes filles ou d'adolescentes et de femmes vulnérables, économiquement et affectivement dépendantes.

---

[221] Source : Les deux affidavits soumis par PDF : Déclaration sous serment de XXX, et celle de XXX.

61- Dans l'étude que j'ai effectuée pour le Conseil du statut de la femme, portant sur les crimes d'honneur, trois victimes parmi les 22 cas de meurtres basés sur l'honneur recensés au Canada avaient subi des pressions familiales visant à les pousser à porter le voile qu'elles refusaient. Cela représente plus de 10 %, ce qui n'est pas négligeable. Il s'agit de Aqsa Pervez (16 ans), Shaher Shahdaddy (21 ans), et Sahar Shafia (17 ans)[222].

62- Des témoignages recueillis dans le cadre de cette étude indiquent aussi que de nombreuses restrictions sont imposées aux femmes et aux adolescentes, au nom de leur culture ou de la religion[223]. En témoignent les cas de mariages forcés ou précoces pratiqués au Canada, ainsi que le contrôle excessif exercé par certains parents, craignant de voir leurs filles subir la « mauvaise » influence de la société d'accueil, dont les mœurs sont plus libérales. Voulant préserver l'honneur de la famille, axé sur le contrôle de la sexualité féminine, certains parents interdisent à leurs filles toute fréquentation en dehors de l'école et du cercle familial ou communautaire très restreint. Cette conception patriarcale de l'honneur, souvent associée au voile, forme un tout cohérent.

63- Celles qui subissent de telles pressions n'osent pas le dénoncer, par crainte d'être ostracisées ou de perdre l'affection et le soutien de leurs proches. Elles demeurent souvent invisibles et ignorées des études et des groupes bien intentionnés qui soutiennent des pratiques patriarcales, au nom de la tolérance, croyant ainsi défendre les droits des minorités. Mais cet appui mal inspiré renforce les tendances les plus réactionnaires, qui sacralisent la hiérarchie des sexes et discriminent à l'encontre des femmes, au nom de la culture ou de la religion.

---

[222] Voir chapitre 4, « Les crimes d'honneur au Canada : études de cas », dans *Les crimes d'honneur : de l'indignation à l'action*, Conseil du statut de la femme éditeur, Québec. Analyse de cas : Parvez, p. 79; Shahdady, p. 88; Shafia, p. 94-100.

[223] *Idem*, chapitre 3, « Les perceptions et les pratiques liées à l'honneur », p. 56-63.

Conclusion

64- À la lumière de l'analyse qui précède, rappelons trois points importants : 1) que le voile dit islamique renforce les stéréotypes sexistes et contrevient au principe de l'égalité des sexes; 2) qu'il ne s'agit pas d'une obligation religieuse, mais de l'instrumentalisation de la religion à des fins de contrôle social; et 3) que ce type de signes ostentatoires établit un marquage ethnicoreligieux du territoire, induisant des rapports sociaux qui ne favorisent pas le vivre-ensemble.

65- En outre, après avoir réussi à supprimer les stéréotypes sexistes des manuels scolaires, au Québec et dans tout le Canada, grâce aux luttes féministes des années 1980, la question se pose à savoir s'il faut accepter qu'une enseignante, qui représente l'autorité et un modèle aux yeux des étudiant.e.s, affiche un symbole sexiste, associé à une idéologie patriarcale et misogyne. Ce serait là un net recul et une banalisation du sexisme, sous prétexte de pluralisme ou de tolérance. De plus, une enfant ou une adolescente subissant des pressions familiales, au nom du concept patriarcal de l'honneur, ne pourrait pas se confier à une enseignante affichant un symbole qui conforte l'idéologie qui l'opprime.

66- L'application des restrictions mesurées prévues par la Loi risque de toucher la liberté de certains. Il est permis de supposer que seul un nombre limité de personnes choisiront de sacrifier leur profession, plutôt que d'ôter leurs signes religieux dans le cadre de leurs fonctions. À l'inverse, il est certain que la suspension de la Loi aurait des conséquences négatives plus étendues et à long terme. Si cette loi était désavouée par la Cour, c'est le droit à l'égalité des sexes pour toutes les femmes qui en pâtira.

67- **Il ne s'agit pas ici d'un choix individuel, mais d'un choix de société.** Il faut faire la distinction entre les choix de certains individus ou certains groupes, fussent-ils minoritaires, et les intérêts stratégiques collectifs des femmes à long terme.

68- Par ailleurs, compte tenu de l'appui majoritaire exprimé en faveur de cette loi au Québec, cela risque d'exacerber les tensions sociales et de nourrir des sentiments xénophobes, mettant ainsi en péril le vivre-ensemble.

69- Finalement, on pourrait aussi arguer que la nouvelle loi sur la laïcité offre une caution morale non négligeable aux femmes musulmanes qui refusent de se soumettre aux pressions en faveur du voile si elles sont visées. Et puis, cette loi permet d'assurer un espace éducatif exempt de telles pressions. **Après tout, les femmes qui refusent le voile font elles aussi partie des minorités qu'il faut défendre.**

70- Cette loi tant attendue au Québec permet d'empêcher que l'école publique ne serve à légitimer certaines croyances religieuses. Ce n'est pas là son rôle. Le rôle de l'école, incarnée par ses enseignant.e.s, est de transmettre l'esprit de liberté et d'indépendance face aux dogmes quels qu'ils soient. C'est là une promesse d'émancipation et d'égalité, certes imparfaite, mais nécessaire.

BIBLIOGRAPHIE

Affidavit. Déclaration sous serment de XXX, soumis par le groupe Pour les droits des femmes (PDF).

Affidavit. Déclaration sous serment de XXX, soumis par le groupe Pour les droits des femmes (PDF).

AGGASG-BOULDJAHLAT, Fatiha (2017). *Le grand détournement.* Cerf, Paris.

AHMED, Leila (2011). *A Quiet Revolution; The Veil's Resurgence from the Middle East to America.* Yale College, U.S. office.

BENNOUNE, Karima (2013). *Your Fatwa Does Not Apply Here. Untold Stories From the Fight Against Muslim Fundamentalism*, W.W. Norton & Co. Inc., New York, London.

Conseil du statut de la femme (2011). *Affirmer la laïcité, un pas de plus vers l'égalité réelle entre les femmes et les hommes*, Québec, 161 pages.

Conseil du statut de la femme (2013). *Les crimes d'honneur : de l'indignation à l'action*, Québec, 178 pages.

EL-MABROUK, Nadia (2019). *Notre laïcité.* Édition Dialogue Nord-Sud, Montréal, 184 pages.

EL-SAADAWI, Nawal (1985). *Two Women in One.* The Thetford Press Ltd editor, London.

GEADAH, Yolande (1996, 2001). *Femmes voilées, intégrismes démasqués*, Montréal, VLB éditeur, 293 pages.

GEADAH, Yolande (2007). *Accommodements raisonnables : Droit à la différence et non différence des droits*, Montréal, VLB éditeur, 95 pages.

LAMRABET, Asma (2017). *Islam et femmes, les questions qui fâchent*. Gallimard.

MERNISSI, Fatima (1983). *Sexe, idéologie, islam*. Tierce éditeur.

ROUGIER, Bernard (Dir.) (2020). *Les territoires conquis de l'islamisme*, PUF.

TABOADA LEONETTI, Isabel (Dir.) (2004). *Les femmes et l'islam; entre modernité et intégrisme*. L'Harmattan, Paris.

Articles référenciés en bas de page (en annexe) :

Bombardier, Denise. *Les grandes entrevues*. « Tu ne peux pas imposer tes pratiques religieuses dans un pays où la majorité n'est pas musulmane » (Malek Chebel). *Le journal de Montréal*, 29 novembre 2013.

Chémali, Alain. « Algérie : des femmes en campagne contre le port du voile ». Rédaction Afrique France Télévisions, 16/02/2019.

Commission des droits de la personne et des droits de la jeunesse (2008). *Document de réflexion : La Charte et la prise en compte de la religion dans l'espace public*, juin 2008, p. 19-20.

Conseil du statut de la femme (2013). *Les crimes d'honneur : de l'indignation à l'action*, Québec, p. 56-63; 79; 88; 94-100.

Conseil du statut de la femme (2011). *Affirmer la laïcité, un pas de plus vers l'égalité réelle entre les femmes et les hommes*, Québec, p. 16.

Daher, Ali (2010). « Le hijab est-il une prescription pour toutes les musulmanes? » http://classiques.uqac.ca/

De Saussure, Ferdinand. « Signe – Signifiant – Signifié », *Cours de linguistique générale*, Éd. Payot, 1964. p. 99-101.

Facal, Joseph. « Merci, Monsieur Charkaoui! », *Le Journal de Montréal*, 11 avril 2019.

Faithless hijabi, Page Facebook. https://www.facebook.com/faithlesshijabi/

Fatah, Tarek. « Why some Canadian Muslims celebrated the Quebec hijab ban », *The Toronto Sun,* June 18, 2019.

Foglia, Pierre. « La laïcité ouverte », *La Presse,* 24 mai 2008.

Lettre collective. « Manifeste pour un islam de liberté et de citoyenneté », *Le Devoir,* 21 février 2017.

Lettre collective. « Aux féministes québécoises qui s'opposent à l'interdiction du niqab », *La Presse,* 8 novembre 2017.

Lettre ouverte collective au ministre de l'Éducation. « Au sujet du respect de la liberté de conscience de nos enfants », *Le Devoir,* 27 août 2019.

Maher, Isabelle. « Une cérémonie du voile pour jeunes filles », *Le Journal de Montréal,* 2 mai 2014.

Nakonechny, Simon. « Quebec's Religious Symbols Ban Welcomed By Some Who Left Muslim Countries Behind », CBC News, April 10, 2019.

Proulx, Marie-Hélène. « Laïcité : non au voile », entrevue avec Wassyla Tamzali qui cite Mohamed Talbi, dans *Châtelaine,* décembre 2013.

Radio-Canada, « Des enseignantes musulmanes défendent le projet de loi sur la laïcité », 17 avril 2019. https://ici.radio-canada.ca/nouvelle/1164904/enseignantes-musulmanes-non-voilees-projet-loi-laicite

Rand, David (2019). Données sur les pays ayant adopté des restrictions sur les signes religieux ou couvre-chef. https://www.atheologie.ca/lois-restreignant-couvre-visage-signes-religieux/?fbclid=IwAR2NMBDdzwdCpMlxjLAIKzJkWXFmG3VjXDEWZvW0RnrS__BwlicUaI8-ilo

Ouvrages consultés en langue arabe :

ABD EL WAHAB, Leila (1994). *Al 'onf al oussari* (« La violence familiale »), Dar el mada lel thakafa wal nash éditeur, Beyrouth, Liban.

AL-BANNA, Ḥassan (1966). *Mudhakkarat al da'wa wal da'iya* (« Mémoires de prédications et de prédicateurs »). 2e édition, Dar al Cha'b, le Caire.

AL-GAWHARI, Mahmoud (1993). *Al okht al moslema, assas al mogtama'a al fadel* (« La sœur musulmane, fondement d'une société saine »). Dar al tawzi' wal nash al islami éditeur, le Caire.

AL-MASRI, Sanaa (1989). *Khalf al hijab* (« Derrière le hijab »). Sinaa lil nashr, éditeur, le Caire.

SHA'RAWI, cheikh Mohammed Metwalli (1990). *Al maraa fil koran el hakim* (« La femme dans le Coran »). Maktabat el Sha'rawi el islamiya, éditeur, le Caire.

YOLANDE GEADAH

Biographie et publications

Yolande Geadah est une chercheure féministe indépendante, membre de l'IREF, Institut de recherche et d'études féministes de l'UQAM. D'origine égyptienne, elle s'intéresse depuis plus de trente ans au statut des femmes dans la culture arabo-islamique et aux conséquences de la montée de l'intégrisme religieux sur les droits des femmes et sur le vivre-ensemble.

Études et diplômes
- Scolarité de doctorat en Science politique complétée à l'Université du Québec à Montréal [1995].
- Maîtrise en relations industrielles; Université de Montréal [1980].

Profil de carrière
- Quarante ans d'expérience sur le marché du travail au Québec et d'implication dans le milieu des communautés culturelles, dont environ trente ans dans le domaine du développement et de la solidarité internationale.
- Consultante senior en développement international spécialisée dans l'élaboration de stratégies visant à favoriser l'égalité des sexes dans les programmes de développement. Travail effectué auprès de diverses agences gouvernementales et nongouvernementales, dont l'ACDI, FNUAP, PNUD, GTZ, CCCI, SNC-Lavalin, et d'autres.

- Coopération outre-mer auprès des femmes et des jeunes en Égypte, dans le cadre de projets canadiens de développement.
- Bénévolat : Cofondatrice de la Concertation des luttes contre l'exploitation sexuelle (CLES).
- Parle couramment le français, l'anglais et l'arabe.

RECHERCHES ET PUBLICATIONS :
Auteure de nombreux articles et ouvrages portant entre autres sur les femmes dans la culture arabo-islamique, l'impact des intégrismes religieux sur les femmes, la polygamie, les accommodements raisonnables, la prostitution, l'égalité des sexes dans les projets de développement. Voir liste des publications plus bas.

LISTE DES PUBLICATIONS DE YOLANDE GEADAH

ESSAIS :
2007 *Accommodements raisonnables : Droit à la différence et non différence des droits*, Montréal, VLB éditeur, 95 pages.

2003 *La prostitution : Un métier comme un autre?*, Montréal, VLB éditeur, 294 pages.

1996, 2001 *Femmes voilées, intégrismes démasqués*, Montréal, VLB éditeur, 293 pages. Retenu parmi les finalistes pour le Prix du Gouverneur général du Canada de 1997.

RECHERCHES, ÉTUDES, AVIS :
2013 *Les crimes d'honneur : de l'indignation à l'action*, Québec, Conseil du statut de la femme éditeur, 178 pages.

2012 *La prostitution : il est temps d'agir*, Québec, Conseil du statut de la femme éditeur, 154 pages.

2010 *La polygamie : au regard du droit des femmes*, Québec, Conseil du statut de la femme éditeur, 149 pages.

1992 *L'influence de l'islam sur les femmes dans les projets de développement au Niger*, Ottawa, Agence canadienne de développement international (ACDI), 33 pages.

1990 *L'influence de l'islam sur les femmes dans les projets de développement en Égypte*, Ottawa, Agence canadienne de développement international (ACDI), 35 pages.

1989 *L'influence de l'islam sur les femmes dans les projets de développement au Soudan*, Ottawa, Agence canadienne de développement international (ACDI), 32 pages.

AUTRES PUBLICATIONS :
2018 « La laïcité en question », entretien avec Y. Geadah, rédigé par Mathieu Bélisle, dans la revue *L'Inconvénient*, n° 72, printemps 2018, p. 19-23.

2001 « Faut-il décriminaliser la prostitution? », dossier dans la revue *Relations*, n° 666, janvier-février 2001, p. 27

2000 « Impact de l'intégrisme islamique sur les femmes dans le cadre de la mondialisation : le cas de l'Égypte », dans *Les Cahiers de l'IREF* (Institut de recherches et d'études féministes) n° 5, *Lectures féministes de la mondialisation : contributions multidisciplinaires*, publié sous la direction de Marie-Andrée Roy et Anick Druelle, Université du Québec à Montréal, p. 59-86.

2000 « Pour des solutions alternatives à la libéralisation totale de la prostitution » paru dans *Ressources et vous,* revue de la Société de criminologie du Québec, vol. 6, n° 2, septembre 2000, p. 12-15.

1996 « Comment l'intégrisme interpelle-t-il la recherche sur les femmes et les rapports de sexe? » dans Bulletin d'information du Réseau québécois des chercheuses féministes, vol. 5, n° 2, janvier 1996, p. 12-18.

1993 « Les femmes face à la crise économique en Égypte», dossier du CEAD (Centre d'études arabes pour le développement), Montréal, 1993.

1992 « Palestinian Women in View of Gender and Development »; article paru dans *Journal of Developing Societies,* vol. VIII (1992), p. 43-55.

1991 Coauteure : *Un autre genre de développement; un guide pratique sur les rapports femmes-hommes dans le développement* (« Two Halves Make a Whole; Balancing Gender Relations in Development »); Ottawa, Conseil canadien de coopération internationale (CCCI), MATCH et Association québécoise des organismes de coopération internationale (AQOCI), diffusé aux organismes de coopération internationale à travers le Canada.

1990 « Charte sur l'eau et l'assainissement », adoptée lors du Forum international S.O.S. l'eau c'est la vie, tenu à Montréal en juin 1990.

1988 Direction Actes du colloque. *Femmes et développement, action de développement et accès direct des femmes aux ressources : Visions alternatives*, Conseil des relations internationales de Montréal (CORIM), 109 pages.

1988 Codirection Actes du séminaire. *Femmes arabes et femmes d'ici : Acquis et défis des années 80...* Montréal, Centre d'études arabes pour le développement (CEAD).

1985 Coauteure. « L'islam et les femmes arabes : dogme, traditions et vécu » dans *Les femmes dans le monde arabe*, dossier n° 5, Montréal, Centre d'études arabes pour le développement (CEAD).

Divers autres articles parus dans des journaux et revues du Québec portant sur des sujets d'actualité tels que : le développement, le monde arabe, les femmes, le racisme, la prostitution, etc.

Cet ouvrage composé
en Century Schoolbook 12 pts
a été achevé d'imprimer
sur les presses
des Imprimeries Marquis
en juin deux mille vingt-trois